소녀 귀신 탐정

차
례

1. 한밤중 핏빛 노을

왜 나는 달리고 있지?

야!

누구?

꿈이었잖아….

도대체 무슨 말을 하려던 걸까?

내 핸드폰은 어디 갔지?

엄마야, 지각이다!

부회장 한서연. 우리 반은 한서연을 중심으로 돌아간다.

전국 석차를 다투는 수재인데다 얼굴도 예쁘고 인기도 많다.

그 옆은 아역 모델 출신 이도희.

그리고 권규림. 이사장 외손녀.

말수가 없는 신아린. 한국 무용 특기자다.

이우진한테 한
인사였네.

우리 반 회장 이우진.

여자애들 대부분이 이우진을 좋아한다.

···나도? ···내가?

공부 빼고는 잘하는 게 없는 내가?

것도 한서연만큼은 아니지.

첫 중간고사에서 딱 한 번 이겨 봤을 뿐이다.

기분 좋은 일 있나 봐?

그런 내가 감히 우진이를···.

드르륵

누구지?

전학생?

뭐야? 분명 눈이 마주쳤는데….

일부러 의식한 듯 다시 내 쪽을 보지 않는다.

전학생이 맞는 거 같긴 한데….

얘!
전학 왔니?

......

뭐야, 얘.
대꾸도 없네….

짝!

아!

얘, 너 왜 사람을
못 본 척해?

사람…이라고?

2. 귀신

"그, 그게 무슨 말이야?"

내 목소리가 떨리고 있었다. 아무렇지도 않던 내 몸이 갑자기 사시나무 떨리듯 떨렸다.

"무슨 소리야? 내가 귀신이라도 된다는 거야?"

"사실 너도 알고 있잖아. 잊고 싶어서 잊고 있는 거지."

여자애가 담담하게 말했다. 내가 안 보인다는 듯이 앞을 바라보면서 최대한 작은 목소리로 말하고 있었다.

"내가 귀신이라니 무슨 말도 안 되는 소리야?"

말은 그렇게 했지만 내 마음속 깊은 곳에서는 불안감이 치솟았다. 아니다. 난 매일, 어제도 학교에 왔다. 불현듯 어제 일이 기억나지 않는다는 걸 깨달았다. 어제 학교에 와서 쑥덕거리는 서연 무리를 보았고… 그러고 나서 무슨 일이 있었지?

"내가 다른 애들이랑 이야기도 안 하고 다들 없는 취급을 해서 그래? 그건 다 이유가 있어서야. 너야말로 왜 갑자기 나타나서 우리 반인 척하고 있는 건데? 그리고 다른 애들이 왜 너에게 말을 안 거는 건데?"

나는 화가 나서 소리쳤다. 꽤나 목소리가 커졌지만 소리치는 중에도 나를 돌아보는 사람은 아무도 없었다. 여자애는 창문 쪽을

바라보며 다시 작은 목소리로 말했다.

"내가 알기론 너는 2주일 전에 죽었어. 그리고 난 지난주 월요일에 전학 왔지. 내가 왔을 때는 이미 네 자리 따윈 없었어. 하지만 난 네 지위를 물려받은 거 같아. 다들 나에 대해 알려고 하는 게 귀찮아서 좀 물어뜯어 줬더니 나를 투명인간으로 만들어 줬지. 고맙게도."

여자애는 창가 쪽 내 책상을 바라봤다. 하지만 지금 보니 거기에는 아무것도 없었다. 조금 전까지 내가 앉아 있던 창가 쪽 맨 뒷자리는 텅 비어 있었다. 내가 집에서 들고 나온 책가방도 없었다.

"말도 안 돼! 다른 애들하고 짜고 장난치는 거지?"

"너 같은 귀신을 본 적이 있어. 억울한 죽음을 인정하지 못하고 한이 맺혀 떠돌지. 하지만 너도 결국 인정할 수밖에 없을 거야."

"아니야. 말도 안 돼! 난 귀신 따위가 아냐!"

여자애가 갑자기 앞자리에 앉은 규림의 뒤통수를 세게 갈겼다. 규림이 비명과 함께 돌아봤다.

"장이나! 미쳤어?"

서연 무리를 포함한 아이들이 우르르 몰려들어 순식간에 이나라는 여자애 주위를 에워쌌다. 그러던 중에 내 몸을 관통하여 자리를 잡은 애도 있었다. 그 애가 관통할 때는 내 몸이 투명해져 있었다.

"으악! 이게 뭐야?"

내 비명에도 이나는 못 들은 척했다.

"미안해. 잠깐 내 존재에 대해 확인한 거야."

이나는 담담하게 말하고 책상 위에 엎드려 버렸다. 아이들은, 특히 서연 무리 아이들은 어이없다는 표정이었다.

"서연아, 애 진짜 미친 거 아냐? 정신병 같은 거 있는 거 아니냐고?"

규림이 씩씩대며 소리쳤다. 서연은 의외로 조용하고 낮은 목소리로 말했다.

"글쎄? 조금 더 지켜보면 알게 되겠지."

"어휴, 열 받아."

도희도 친한 규림이 당한 게 억울한지 함께 씩씩거렸다. 금방이라도 달려들어 이나를 칠 기세였다. 그때 우진이 나섰다.

"다들 자기 자리로 돌아가자. 곧 수업 시작이야."

내가 잘못 본 걸까? 우진의 눈길이 이나에게 가서 잠깐 머물렀다. 우진은 누구에게도 관심이 없는 줄 알았는데?

아이들은 우진의 말을 듣고 다들 흩어졌다. 내 몸을 관통했던 아이도 가 버렸다. 몸에 힘이 쭉 빠지는 기분이었다. 그대로 주저앉아 버렸다. 존재를 확인해 봤다는 이나의 말은 나에게 한 말이었다. 자신이 인간이고 내가 귀신이라는 걸 몸소 보여 준 것이다.

"말도 안 돼⋯."

22

"알았으면 이제 가 봐."

이나가 돌아보지도 않고 책을 펴며 말했다.

"어디로? 어디로 가라는 소리야?"

"네 마지막 기억. 죽었던 그 순간의 장소. 한을 풀든, 죽음의 원인을 찾든 해야 네가 여길 떠날 수 있을 거야."

"몰라. 정말 하나도 기억이 안 난다고."

"그건 내 알 바 아니지."

이나는 책을 읽는 척했다. 그리고 내가 옆에서 무슨 소리를 하든 들리지 않는 척했다.

내가 귀신이라니 말도 안 됐다. 나는 집으로 갔다. 오늘 아침에 나올 때 집에 누가 있었는지 기억이 나지 않았다. 부모님은 두 분 다 직장이 멀어 일찍 집을 나서기 때문에 평소에는 그 시각에 아무도 없었다. 하지만 오늘은 안방에서 기척을 느꼈던 것도 같았다. 정신없이 나오느라 그냥 지나친 거였다.

과연 안방에 엄마가 있었다. 엄마는 침대에 누워 있었다. 그 모습을 보니 가슴이 콱 막혔다. 엄마 등이 너무 슬퍼 보였다. 그 등은 내가 정말 귀신이라고 말하고 있었다.

"…엄마, 나 왔어. 나 슬아야."

하지만 엄마는 못 들었다.

23

"나라고! 내가 왔다고! 왜 내 목소리를 못 들어?"

엄마 얼굴에 눈물 자국이 있었다. 난 여기 있는데.

"나, 김슬아라고!"

소리쳤다. 내가 낼 수 있는 가장 큰 목소리로 소리쳤다. 하지만 듣는 이는 아무도 없었다. 내 눈앞에 있는 엄마도 나를 보거나 내 목소리를 들을 수가 없었다. 손을 뻗어 엄마 어깨를 감싸려 했다. 안 됐다. 그냥 스쳐 지나갈 뿐이었다. 그렇게 스칠 때는 내 몸이 너무나 투명해졌다.

"이럴 수는 없어. 왜 갑자기… 내가!"

눈물을 쏟고 싶었는데 눈물이 안 나왔다. 귀신은 울지도 못하는 것 같았다.

내 방에 꽃이 놓여 있었다. 죽은 이에게 바친다는 국화꽃이 아니라 내가 좋아하는 안개꽃이었다. 꽃도 잡히지 않았다. 내 손은 꽃을 그냥 통과해 갔다. 가방을 들고 볼펜을 던질 때는 물건을 만질 수 있었는데 이제는 안 됐다. 아마 내가 귀신인 걸 알게 되어서 그렇게 된 것 같았다.

교문 앞에서 이나를 기다렸다. 다른 사람들은 나를 보지 못하고 목소리도 못 듣는 게 확실했다. 하지만 이나는 달랐다. 목소리를 듣는 것뿐만 아니라 나를 볼 수 있었다. 내 하소연을 들어 줄 사람은 이나뿐이었다.

　이나가 나왔지만 여전히 나를 못 본 척하며 지나쳐 걸어갔다. 사실 이나는 나뿐만 아니라 모두를 못 본 척하고 있었다. 따돌림을 당하는 건 이나가 아니라 오히려 이나를 제외한 나머지 세상 같다고 할까?

　"장이나! 너 이름이 장이나라고 했지?"

　나는 이나를 부르며 따라갔다. 이나는 걸음을 빨리했다. 하지만 아무도 없는 한적한 곳에서 멈추었다.

　"귀찮게 하지 마."

　이나가 천천히 돌아봤다. 아무도 없는 곳인데도 교실에서처럼 작고 낮은 목소리였다. 원래 평소 목소리가 늘 높낮이 없이 무미건조한 건가.

　"집에 가 보니까 엄마가 회사에 안 가고 울고 있었어. 네 말대로 난 정말 죽은 거 같아…. 그래서 도움이 필요해."

　"도와 달라고?"

　"응. 내 죽음에 대해 알아야겠어."

　이나는 나를 지그시 바라봤다. 멍해 보이던 눈이 갑자기 바다처럼 깊어졌다.

　"내가 왜?"

　"응?"

"뭔가 착각하는 거 같은데, 너랑 나는 친구도 뭣도 아니야. 살아 있을 때는 아예 본 적도 없는 사이라고. 그런데 내가 왜 널 도와야 하는데?"

"그, 그건….'

이나 말이 맞았다. 하지만 나는 절실했다. 도와줄 사람은 아무리 생각해도 이나뿐이었다.

"넌 내가 보이잖아. 그러니까 내 이야기를 듣고 도와줄 사람은 너뿐이야. 아무래도 내가 이렇게 귀신이 되어 떠도는 건 억울하게 죽어서인 것 같아. 그러니까 도와줘, 제발….'

나는 간절한 마음으로 다시 말했다. 그러나 이나는 코웃음을 쳤다.

"난 그런 능력 없어. 도움이 필요하면 무당을 찾아가는 게 어때? 귀신이라면 지긋지긋해. 왜 다들 나한테 징징대는지 모르겠어. 그래서 안 보이는 척하는데, 하필 학교에서 마주칠 게 뭐람. 실수해 버렸잖아."

이나는 싸늘한 말투였다. 작정하고 나를 떼어 내려는 것 같았다. 슬펐다. 하지만 여전히 눈물은 나오지 않았다.

"귀찮게 하는 건 미안해. 그렇지만….'

"미안하면 내 주위에 얼씬거리지 마. 기어코 내 눈을 깜빡거리게 만든 걸 보면 바보는 아닌 거 같은데, 네 머리를 써서 네 일을 해결하라고! 스스로!"

이나는 빠른 걸음으로 걸어갔다.

나는 혼자 남겨졌다. 오도카니 서서 이나의 뒷모습을 볼 뿐.

"악!"

갑자기 앞서 걷던 이나가 비명을 질렀다. 손을 마구 휘젓더니 이리저리 갈지자로 걸어갔다.

"저리 가! 저리 가란 말이야!"

"왜 그래?"

나는 놀라서 이나에게 달려갔다. 갑자기 이나가 멈추더니 한숨을 내쉬었다.

"휴."

"무슨 일이야?"

"악귀가 따라붙었어. 내가 안 보이는 척하니까 갑자기 내 머리로 달려들며 괴롭히잖아."

"그래? 어디?"

아무리 둘러봐도 아무것도 안 보였다. 조금 아까도 이나 곁에 아무도 없었다.

"넌 귀신인데도 귀신이 안 보이나 봐. 그만 둘러봐. 지금은 없으니까."

"갔어? 다행이다."

"응. 갑자기 도망치듯 가 버렸어. 설마….."

이나는 무슨 말인가 더 하려다가 말았다. 그리고 주위를 둘러보더니 더는 아무것도 없는지 다시 갈 길을 갔다.

나는 하릴없이 집으로 돌아갔다. 주방에서 아빠가 힘없이 죽을 만들고 있었고 엄마는 내 방에 있었다. 엄마는 내 사진을 안고 울고 있었다.

"슬아야, 왜? 왜 그랬어? 그러지 말지… 뛰어내리지 말지….."

머리가 멍해졌다. 내가 뛰어내렸다고? 그럼 내가 자살을 했다는 거야?

3. 질문

  당연히 교통사고나 아니면 다른 사고라고 생각했다. 자살일 거라고는 예상하지 못했다. 내가 반 아이들의 따돌림을 못 견뎌서 자살했던 걸까? 도통 기억이 나지 않았지만 확실한 건 가끔 죽고 싶다는 생각도 했다는 것이다. 사는 게 공허하고 재미없을 때가 있었다. 하지만 금세 말도 안 되는 생각이라며 고개를 젓곤 했다.

  "이건 뭔가 잘못됐어."

  나는 무작정 학교로 달려갔다. 불이 꺼지고 문이 닫힌 학교는 을씨년스럽기만 했다. 막상 가서 보니 내가 할 수 있는 일이 아무것도 없었다. 잠긴 문을 통과해서 들어갈 수는 있었지만 뭔가를 찾아보기 위해 컴퓨터를 켤 수조차 없었다. 손이 투명해지면서 컴퓨터를 그냥 통과해 갔다. 역시 나를 도울 수 있는 건 이나밖에 없었다.

이나에게 가야겠다고 생각한 순간, 나는 이미 이나의 방에 와 있었다. 한 번도 와 보지 않았고 이나네 집이 어디인지도 몰랐는데, 어찌 된 일인지 그렇게 되어 버렸다.

"아, 짜증 나."

이나가 작게 중얼거렸다.

"미안해."

"아냐. 나한테 짜증 낸 거야. 나도 널 생각해서 벌어진 일이니까. 아무리 귀신이라도 모르는 길은 서로를 동시에 생각해야 순간이동이 가능해."

이나는 좀 누그러져 보였다. 아까 퉁명스럽게 내치던 것과는 훨씬 나아 보였다.

"너도 날 생각하고 있었다고? 그런데 너는 정말 귀신에 대해 아는 게 많구나."

"오지랖 부리는 나쁜 버릇 때문이야. 그렇다고 내가 널 도와줄 거라고는 기대하지 마. 난 영혼을 그 세상으로 보내는 법도 모르니깐."

오지랖이 아니라 친절한 거라고 말해 주고 싶었다. 그런데 문득 주위를 둘러보다가 기분이 이상해졌다. 뭔가 여기는 다른 곳과 느낌이 달랐다.

"여기…."

내 반응에 이나는 그럴 줄 알았다는 표정이었다. 나는 향초 냄새에 이끌려 이나 방에서 나가 거실로 갔다. 거실에 상이 차려져 있고 향초가 놓여 있었다. 그리고 영화나 드라마 속에서나 보던 화려한 장식들이 눈에 띄었다.

"너 설마…."

"내가 아니고 우리 할머니가 무속인이야. 무당."

이나가 담담한 표정으로 말했다. 수없이 많이 했던 말인 듯했다. 나는 이나가 왜 나를 볼 수 있는지를 깨달았다. 하지만 그래도 그렇지, 귀신의 실체를 이렇게 또렷이 보고 들을 수 있다니 놀랍기만 했다. 진짜 무당도 이럴 수는 없을 것 같았다.

"이제 그만 가. 기대하게 만든 건 미안한데 난 이제부터 아무도 안 돕기로 했어."

그제야 나는 이나에게 도움을 청하려고 한 이유를 떠올렸다.

"딱 하나만 알아봐 주면 돼. 내가 자살이란 걸 했대. 그런데 난 절대로 그럴 리가 없거든. 진짜 내가 그랬는지 아니면 우리 엄마가 뭔가 잘못 아는 건지 알고 싶어."

이나가 나를 물끄러미 바라봤다. 나는 한껏 불쌍한 표정을 지었다.

"정말 그거면 돼? 알아다 주면 떠날 거야?"

"우리 반 애들이 아무리 나와 친하지 않았다고 해도 어떻게 죽었는지에 대해서는 알 거야. 아, 그리고 혹시 인터넷 기사 같은 게 있을지도 몰라. 난 검색할 수가 없어서."

"…검색 정도야, 뭐."

강한 척했지만 이나는 꽤나 마음이 여린 애 같았다. 결국 마지못해 내 부탁을 들어주려는 것 같았다.

"좀 알아볼 테니까 넌 가 있어."

"응. 난 갈게. 내일 학교에서 보자."

내가 한 말이지만 씁쓸했다. 살아 있을 때 친구에게 한 적도 없는 말을 죽은 뒤에서야 하고 있다니. 이나도 느꼈는지 한참 나를 바라봤지만 아무 말도 안 했다.

다음 날, 눈을 뜨자 다시 내 방이었다. 어제와 똑같은 아침. 내가 잠을 잤는지는 모르겠다. 간밤에 방으로 돌아왔고 피곤해서 침대에 누웠는데 눈을 떠 보니 아침이었다. 귀신도 잠을 자는 걸까? 그것도 낮이 아니라 한창 귀신이 활동할 것 같은 밤 시간에? 어쨌든 아무것도 기억나지 않았다.

굳게 닫힌 안방 문을 힐끗 보고 곧장 학교로 달려갔다.

이나는 이미 학교에 와서 책을 읽고 있었다.

"인터넷에는 딱히 건질 만한 게 없었어. 학교 뒷산에서 학생이 뛰어내려 자살했다는 짤막한 기사가 다였거든. 성적비관이라는 추정이래. 공부를 꽤나 잘했는데 성적이 떨어져서 그런 거 같대."

"성적비관? 내가?"

최근에 성적이 떨어지긴 했지만 크게 신경 쓰지 않았다. 다음에 더 열심히 해야겠다고 생각했을 뿐이다. 게다가 부모님도 원래 성적에 대해 뭐라고 하는 분이 아니셨다. 그런 내가 성적 때문에 자살을 했다고?

"일단 그렇게 결론 내려진 걸지도 몰라. 애들 사이에 도는 소문은 다를 수도 있고."

이나는 서연 무리를 슬쩍 보았다. 나는 단번에 이나가 뭘 하려는지 알아챘다.

"저 애들에게 물어보려고?"

하긴 서연네 무리라면 뭔가 알고 있을지도 몰랐다. 무엇이든지 그 애들 귀를 거쳐 갔다.

"쟤가 이 반 대장이잖아. 맞지?

이나가 다시 말했다. 전학 온 지 얼마 되지도 않았는데 벌써 아이들을 다 꿰고 있다니. 맞는 말이었다. 서연은 가만히 앉아서 모든 걸 아는 애였다.

"그래도 갑자기 그런 걸 물어보면 좀 그렇지 않을까?"

"소심하긴."

이나는 망설이지 않고 거침없이 뚜벅뚜벅 걸어갔다. 나는 두 눈을 질끈 감았다. 어차피 밀져야 본전이었다. 나는 이미 귀신이었고 여기에서 더 나빠질 것도 없었다.

"나 뭐 좀 물어봐도 돼?"

이나가 서연에게 물었다. 서연과 그 무리는 조금 놀라는 눈치였다. 한번도 제대로 말을 섞어 본 적도 없는 전학생이 다짜고짜 질문이 있다니 놀랄 만도 했다.

"뭔데?"

"얼마 전에 죽은 애 말이야. 왜 죽은 거야?"

이나의 말을 들은 아이들이 다 놀랐다. 심지어 나도 놀랐다. 이나가 너무나 아무렇지도 않게 말해 야속하기까지 했다. 하지만 이나는 말 속에 전혀 아무 감정도 담지 않았다. 마치 책상에서 연필이 떨어졌는데, 왜 떨어졌냐고 묻는 애 같았다. 놀라지 않은 건 서연뿐이었다. 서연은 눈을 내리깔고 담담하게 말했다.

"그걸 왜 나한테 물어보는데?"

"네가 잘 알 것 같아서. 네가 이 반 대장 아니야?"

대장이라는 말에 서연이 한쪽 눈썹을 치켜올렸다.

"뭔가 오해한 것 같은데, 우리 학교는 그런 분위기가 아니란다. 각각 아이들의 재능을 살리고 발전시켜 주는 데 특출난 학교라는 거 모르고 왔니? 그리고 그 애에 대해 그런 식으로 쉽게 말하는 거는 망자에 대한 예의가 아닌 것 같다."

서연은 역시 다른 애였다. 망자와 예의라니. 듣는 망자로서 꽤나 감동적이었다.

"그래? 알았어."

이나는 더 질척이지 않고 시원하게 물러났다. 나는 이나를 따라갔다. 이나는 화장실에 가는 척 인적이 드문 복도 끝으로 갔다. 내가 따라오는지 아닌지 살피지도 않던 이나가 갑자기 휙 돌아봤다.

"서연이라는 애, 얼마나 알아?"

"왜?"

"이상하던데?"

"그냥 모르니까 그렇게 말한 거겠지."

"느낌이 이상해. 내 느낌은 정확할 때가 많거든. 촉이 잘 맞는다고 할까."

이나는 무슨 생각을 하는지 멍한 눈이 되어 허공을 바라보고 있었다. 그제야 나는 아까의 일을 다시 차근차근 떠올려 보았다. 서연이 내 편을 들어줬다는 것에만 놀라 미처 생각 못 한 것이 있을 것 같았다.

서연은 이나의 뜬금없는 질문에도 놀라지 않았다. 다른 애들이 놀라는데도. 아무리 평소에 차분한 서연이라고 해도 그 점은 좀 이상했다. 뒤늦게 이성적으로 따져 보면 수상해 보이기도 했다. 지나치게 차분해서 뭔가 알면서 감추기 위한 위장 같다고 할까.

그리고 유일하게 서연이 놀란 순간도 수상했다. 이나가 대장이라고 했을 때 분명히 눈썹을 치켜올리며 반응했다. 위장하던 와중에 허를 찔린 사람의 행동이었을까? 아니면 정말 모든 걸 모르던 서연이 아는 유일한 진실이어서 그랬던 걸까?

"어쨌든 난 대신 물어봐 줬고, 자발적 왕따인 전학생은 이게 한계야. 내가 더는 할 수 있는 일이 없다는 소리지. 그러니까 이제 내 곁에서 떠나 줘."

이나는 또다시 냉정한 얼굴로 돌아가 있었다. 나는 더 뭐라고 할 수가 없었다. 어쨌든 이나는 할 수 있는 걸 다 해 줬고, 다시 매달릴 수는 없었다. 이나는 나를 복도 끝에 남겨 두고 뚜벅뚜벅 걸어갔다. 수업 시간이 임박해서인지 긴 복도에는 아무도 없었다. 그런데 화장실에서 그림자 하나가 조심스레 나왔다.

"누구?"

이나가 깜짝 놀라 멈췄다. 누구지? 생각하는 순간, 나는 순식간에 이나 옆으로 이동해 있었다. 화장실에서 나온 건 놀랍게도 서연 무리 중 하나인 아린이었다.

"설마 날 기다린 거야?"

이나가 차갑게 말했다. 아린이 조금 주춤했다.

"꼭 그런 건 아닌데….."

아까 이나가 서연에게 질문을 던질 때 아린이 있었던가? 서연의 양쪽에 규림과 도희가 있었던 건 기억이 났다. 왜냐하면 그 애들이 꽤나 놀라는 표정을 지어서였다. 나는 찍어 놓은 사진을 들여다보듯 머릿속에서 그 장면을 찾으려고 노력했다. 서연의 오른쪽에는 규림이, 왼쪽에는 도희가 있었고 조금 떨어진 뒤쪽에 아린이 서서 지켜보고 있었다.

"신아린. 이 아이, 아까 네가 서연과 한 이야기를 듣고 있었어."

나는 이나에게 속삭였다. 어차피 아린은 날 볼 수도, 들을 수도 없으니 굳이 속삭일 필요는 없었지만.

"나한테 할 말 있어?"

"…조심해."

아린은 겨우 한마디를 뱉더니 뒤돌아 뛰어가 버렸다. 이나는 그 뒷모습을 바라보면서 말했다.

"어쩐지 내가 뭔가 잘못 건드린 거 같다. 뭔가 이상해."

4. 지갑 도둑

점심시간, 갑자기 교실이 술렁거렸다. 나는 창밖을 보며 서서 아린이 한 말을 생각해 보고 있었다. 내가 오도카니 서 있는데도 치고 지나가거나 비웃는 애들이 없었다. 진짜 투명인간이 되어 버렸다.

"없어. 정말 없다고! 이상하다. 분명히 여기 뒀는데."

가운데 뒤쪽에 앉은 여자아이가 가방을 뒤적이며 소리를 지르고 있었다. 뭔가가 없어진 모양이었다. 반 아이들이 그 애에게 우르르 몰려들었다.

이나는 그런 소란은 전혀 신경 쓰지 않고 책을 읽고 있었다. 또 읽는 척만 하고 있을지도 모른다.

조금 뒤, 서연과 우진이 교실 앞문으로 들어왔다. 뭔가 분위기가 심상치 않았다.

"지갑이 없어졌어. 하지만 일단 선생님께 알리지 않을 거야. 그전에 우리끼리 이 사건을 조용히 해결하는 게 좋으니깐."

우진이 굳은 얼굴로 말했다. 현금 십만 원이 든 지갑이 사라졌다고 했다. 다른 애들도 조용히 처리하자는 뜻에 동감하며 고개를 끄덕였다. 가만히 있는 사람은 이나뿐이었다.

"나는 남자애들, 서연이는 여자애들. 사생활 침해라고 생각해서 반대할 사람이 있으면 지금 말해. 모두가 동의해야 시작할 거니까."

당연히 아무도 나서지 않았다. 지금 반대했다가는 지갑 도둑으로 의심받을 게 당연했다. 우진도 그걸 알고 한 말이었을 것이다. 어차피 하려는 가방 검사를 이런 식으로 말해 두어야 뒤탈이 없을 거라고 생각한 것이다.

시간이 많지 않았기 때문에 가방 검사는 즉각 이루어졌다. 서연이 앞에서부터 차례로 여자애들 가방을 훑었다. 재빠르고 정확한 행동이었다. 우진도 마찬가지였다. 언제나 그렇듯 완벽한 애였다.

어느새 뒤쪽 줄만 남아 있었다.

"이제 얼마 안 남았다. 모두 수고했어."

서연이 느닷없이 모두를 격려하는 말을 했다. 하지만 남은 몇 사람 중에 범인이 있다는 말로 들려서 그다지 기분은 좋지 않았다.

왜냐하면 남은 세 사람 중 하나가 이나였기 때문이었다.

"여태까지 우리 반에는 이런 일이 한 번도 없었는데, 대체 이게 무슨 일이래? 교실에 도둑이 갑자기 생기기라도 한 건가?"

도희가 큰 소리로 말하며 까르르 웃었다. 전학 온 이나를 겨냥한 말이 분명했다. 분했다. 이나는 당황하지 않은 척 책만 보고 있었다. 나는 아직 이나를 잘 몰랐지만 지갑을 훔칠 만한 애는 아닐 거라고 생각했다.

슬그머니 이나 쪽으로 다가갔다. 이나는 역시나 책을 읽는 척하며 멍한 눈을 하고 있었다. 내 기척을 느끼고 살짝 바라봤지만 이내 다시 고개를 숙였다. 다른 애들의 이목이 주목되고 있는 순간에 무어라 말하기 힘든 것이다. 그러나 조금 뒤 이나는 뭔가를 쓰더니 내 쪽으로 노트를 내밀었다.

불길해.

짧은 말이었지만 많은 뜻이 담겨 있었다. 나는 이나의 느낌을 믿었다. 서연이 한 아이의 가방 검사를 끝내고 이나 앞에 앉은 규림에게 가고 있었다. 그 다음은 마지막 차례인 이나였다. 과연 이상했다. 서둘러 나는 규림에게 가까이 다가갔고 때마침 규림과 서연이 눈빛을 주고받는 게 보였다. 서연이 규림 가방을 검사하는 척하면서 곧장 손을 뻗어 재빠르게 지갑을 꺼내 손에 움켜쥐는 걸 보았다. 내가 보고 있다는 걸 모르고 서연은 은밀히 자기 외투 안주머니에 지갑을 넣었다. 둘이 짠 것이 분명했다.

그때까지만 해도 나는 서연이 무엇을 하려는 것인지 정확히 몰랐다. 그저 친한 친구인 규림의 범행을 묵인해 주는 거라고 여겼다. 그러나 서연이 이나의 가방 쪽으로 다가가며 다시 외투 안주머니로 손을 넣는 걸 보는 순간, 불길하다는 이나의 글씨가 눈앞에 떠올랐다. 그리고 조금 전 도희가 이나를 저격하는 듯한 말까지. 셋은 한패였고 분명 목적이 있었다.

나는 얼른 이나에게 갔다.

"서연이 외투 안에 지갑이 있어. 규림이 가지고 있던 지갑을 꺼내 숨기더라고. 뭔가 일을 꾸미는 거 같아."

이나는 금세 알아들었다. 그리고 벌떡 일어서서 자기 가방을 책상 위로 들어 올렸다.

"가방 검사 할 필요 없어. 내 가방은 텅 비었거든."

이나는 보란 듯이 가방을 스스로 열고 빈 가방을 모두에게 보여 주더니 교실 가운데로 던졌다. 선수를 친 것이다. 그리고 갑작스러운 상황에 놀라 멍하니 있는 서연에게 다가가 부딪쳤다. 그 바람에 서연이 들고 있던 지갑을 떨어뜨렸다.

이나는 서연에게만 들리도록 속삭였다.

"아, 미안. 화장실이 급해서. 그런데 그거 휴지통에서 찾는 게 좋을 거야."

다른 애들은 지갑이 떨어지는 걸 미처 못 본 것인지 자기들끼리 떠들기 바빴다. 다들 조금 전 이나의 당당한 행동에 대해 말하고 있었다. 서연은 떨어진 지갑을 바라보며 조용히 아랫입술을 깨물었다.

"잠깐."

남자아이들 가방 검사를 마친 우진이 저벅저벅 걸어온 건 그때였다. 놀랍게도 우진은 빠른 손놀림으로 지갑을 주워 자기 주머니에 넣었다.

"야, 이우진…."

서연이 우진을 잡았지만 우진은 이나의 뜻대로 곧장 휴지통으로 갔다.

"아, 여기 있네. 도둑이 가방 검사에 지레 겁을 먹고 버린 것 같다. 야, 잃어버린 지갑, 이거 맞지?"

우진이 지갑을 높이 치켜들었다. 지갑 주인이 반가워하며 달려오자 아이들도 덩달아 웅성거렸다. 비록 도둑은 잡지 못했지만 교실 분위기는 한결 가벼워졌다.

사건이 끝나자 아이들의 관심도 자연스레 흩어졌다. 그제야 나는 이나에게 말을 걸 수가 있었다.

"도대체 왜 서연이가 그런 거지?"

"뭔가 불길하긴 했지만 설마 나한테 누명을 씌우려 들지는 몰랐어. 네 덕분에 무사히 피한 거야."

이나가 진심으로 고마워했다. 내가 귀신이 아니었다면 서연과 규림이 꾸미는 짓을 못 봤을 거고 이나는 속절없이 당했을 것이다.

"그런데 이우진은 왜 널 도와준 거지?"

우진이 아니었다면 이렇게 피해갈 수 없었다. 서연이 지갑을 이나가 훔쳤다고 우길 수도 있었기 때문이다.

"누가 지갑을 떨어뜨렸는지 봤나 봐. 부회장이 훔쳤거나 꾸민 일이라고 하고 싶었겠어? 이 일을 조용히 마무리 짓고 싶었겠지."

이나는 아무렇지도 않게 넘겼지만 나는 뒤숭숭하기만 했다. 그러고 보면 나는 우진에 대해 잘 몰랐다. 그저 철두철미하고 맡은 일을 잘하는 잘생긴 회장이라는 것밖에. 지금으로선 우리 반에 오점이 남는 것이 싫어서 일종의 '처리'를 했다고 생각할 수밖에 없었다. 아니면 다른 꿍꿍이가 있는 걸까?

이나는 책에서 눈을 떼지 않고 말을 이었다.

"여하튼 고마워."

다정한 말투는 아니었지만 분명한 감사 인사였다. 갑자기 울컥하며 목이 아파 왔다. 꼭 친구가 생긴 기분이었다. 왜 진작 이나를 만나지 못했을까? 왜 조금 더 버티지 않은 걸까? 나는. 만약 내가 정말 자살했다면 이유는 성적비관 따위가 아니었을 것이다. 억지로 생각해 낸 이유는 하나였다. 외로워서.

"이제 우린 한 배를 탔어. 딱히 널 도와주고 싶어서 그러는 건 아니야. 뭔가 있어. 아니면 서연이 나를 공격할 이유가 없지. 저 애에 대한 진실을 알고 싶어졌어. 분명히 네 죽음과도 그게 연관 있을 테니까."

이나가 다시 말했다. 다시 목이 멨다. 나는 겨우 울음을 삼키고 물었다.

"널 또다시 공격하면 어떡해?"

"이미 시작됐어. 내가 맞서지 않으면 다음번에는 내가 죽을지도 모르지."

"그게 무슨 소리야?"

이나는 더 대답하지 않았다. 대신 책장을 넘겼다. 이제 정말로 책을 읽고 있는 것 같았다.

5. 귀신 보는 소녀

이나는 뒷산을 올랐다. 내가 떨어져 죽었다는 그곳에 가 보자고 했다. 전학생인 이나에게는 낯선 곳일 텐데도 거침없이 올랐다.

나는 이나 곁을 따르려다가 초입에서 멈췄다. 올라가고 싶지 않았다. 안 좋은 기억 때문인 건지 막연한 두려움 때문인지 모르지만 갑자기 참을 수 없이 머리가 아프고 기분이 안 좋아졌다.

"넌 아직 준비가 안 됐나 봐. 여기서 기다려."

이나는 내가 멈칫하는 걸 보더니 나를 두고 혼자서 씩씩하게 가 버렸다. 산 너머에 노을이 지고 있었다. 꿈에서 보았던 것처럼 핏 빛은 아니었지만 그만큼 붉은 노을이. 그 꿈은 뭘까? 내 마지막과 관련이 있는 걸까? 아니면 단순한 악몽일까?

바람이 스쳐 지나갔다. 내가 산내음이라고 부르는 냄새가 났다.

나무와 흙과 학교 냄새가 뒤섞인 냄새. 나는 이 산을 사랑했다. 혼자 심심할 때 올라가 바람 냄새를 맡으면 마음이 편안해지는 것 같았다. 그래서 예쁜 자연을 휴대폰 안에 담는 걸 좋아했다.

"말이 산이지 경사가 급하지도 않고, 포장된 길이 있어서 오르기도 어렵지 않아. 하지만 길이 아닌 곳은 좀 험해. 특히 비라도 오는 날이라면. 당연히 길 말고는 CCTV 따위는 없었고."

어느새 한 바퀴 돌고 내려온 이나가 말했다.

"네가 떨어진 곳에는 이제 펜스가 쳐져 있어. 아마 그 전에는 없었겠지. 울타리를 세우는 공사를 할 예정이라는 표지도 있었거든. 여기까지는 내가 본 팩트고."

"그리고?"

"여기저기 불안하고 복잡한 감정이 널려 있었어. 그게 이곳저곳 퍼즐 조각처럼 퍼져 있어서 산을 뒤덮다가 마지막에 거기서 몰아쳐."

"그 낭떠러지에서?"

"그래. 그런데 이상한 건 거기서 네 의지로 떨어졌다면 끝났어야 할 감정이 아직도 살아 있다는 거야. 그곳에는 다른 곳보다 더 강한 기운이 있었어. 뭐라고 해야 할까 한마디로 그건⋯."

"분노?"

내가 말해 놓고도 깜짝 놀랐다. 왜 분노라고 표현했는지는 몰라도 나는 분명히 그렇게 생각하고 있었다.

"그래. 그게 정확하겠네. 분노라고 해야 네가 여기 남아 있는 이유가 되겠지."

"난… 나는….

기억에도 없는 분노라는 감정. 지금은 가지고 있지도 않고 상흔이 되어 마지막 장소에 남은 그것. 하지만 결론은 누가 봐도 하나였다. 내가 귀신으로 떠도는 이유는 그것밖에 없었다.

"나는… 복수하고 싶어 하는구나. 그래서 여기 있는 거야."

시간이라는 건 참 이상해서 노을이 지는 걸 보자마자 금세 해가 떨어져 버렸다. 얼마 전까지 여름이었는데, 어느새 가을에 접어들어 해가 점점 짧아지고 있었다. 뒤에서 누가 등을 떠밀 듯 시간이 정신없이 지나가고 있었다. 귀신이 되니 그게 더 느껴졌다.

내가 마지막으로 뒷산을 본 기억은 파릇파릇하고 싱그러웠다. 산에 오르면 무더위를 피해 잠시 시원한 바람을 맞을 수 있었다. 하지만 이미 낙엽이 쌓인 가을이었다.

"그래도 이상해. 복수하고 싶었다면 유서에 누군가에 대해 적혀 있었을 거야. 그런데 유서에는 그런 내용이 없었어."

"유서?"

이나는 유서가 있었다는 말은 하지 않았다. 인터넷에서 내가 썼다는 유서에 대해서도 정보를 찾아냈던 모양이었다.

"미안. 차마 말할 수가 없었어. 유서는… 부모님께 미안하다는 내용만 짧게 적혀 있었대."

왜 그렇게 짧게 적었을까? 나는 평소에 혼자 글 쓰는 걸 좋아해서 내 생각이나 이상을 글로 정리하길 좋아했다. 내 마지막을 그런 성의 없는 유서로 끝냈다니 믿을 수가 없었다.

이나는 눈을 감고 있었다. 무언가를 느껴 보려는 듯.

"뭐 하는 거야?"

"길 가던 영이 있으면 본 것이 없나 물어보려고. 이런 산속에는 떠도는 영이 있기 마련이니까."

이나가 귀신을 본다는 게 새삼 생각나 으스스해졌다. 이 세상에 흔하게 귀신이 있다는 것도 무서운 일이었다.

"너도 귀신이면서 뭘 떨고 그래?"

"아."

이나는 나를 보는 것뿐만 아니라 생각도 읽는 것 같았다.

"나쁜 악귀도 많지만 그냥 너같이 평범한 귀신도 많아. 그러니까 두려워할 것 없어."

"그래도 너한테 나쁜 귀신이 오면 어떡해."

"전엔 그런 일도 많았지. 그런데 이상한 일이야. 너랑 있으면 악귀가 다가오지 않아. 멀찌감치 나를 보고 있다가도 그대로 돌아가 버린다니깐."

"정말? 내가 너한테 도움이 되는 거야?"

나의 반색에 이나가 잠시 내 눈을 바라봤다. 내가 어떤 의미로 하는 말인지 생각하는 것 같았다.

"다행인지 불행인지 여긴 아무것도 느껴지지 않아. 내려가자."

이나는 다시 앞장서며 말했다.

나는 그저 이나를 따라갔다. 달리 가고 싶은 곳이 없었다. 이나는 내가 있건 말건 신경 쓰지 않고 학교 주변을 산책하듯 걸었다. 가끔 주위를 두리번거리며 뭔가를 찾기는 했지만 별다른 모습은 보이지 않았다. 그러다가 체육관 뒤에 이르렀을 때 갑자기 이나가 멈춰 섰다.

"안녕? 얼마 전에 죽은 이 아이에 대해서 아는 게 있어?"

이나가 물었다. 하지만 그 앞에는 아무도 없었다. 나를 등지고 있었기에 나에게 물은 건 더욱이 아니었다.

"이, 이나야, 너 누구에게…."

내가 뭐라고 하자 이나가 손을 들어 멈추게 했다. 집중해서 앞을 바라보며 귀를 기울이고 있었다.

"고마워. 그런데 확실한 건 네 타임캡슐이 묻힌 곳은 여기가 아니야. 이 체육관은 그렇게 오래된 기운이 없거든. 아마 새로 증축한 체육관일 거야. 과거 체육관이 어느 장소였는지 알아봐서 알려줄게."

순간 소름이 돋았다. 이나는 마치 누군가에게 이야기하고 있는 듯했다. 설마 귀신? 아까 산기슭에서 지나가는 영이 있으면 뭔가를 물어본다고 했다.

"너 정말 귀신하고 이야기한 거야?"

내 질문에 이나가 한심하다는 표정을 지었다.

"너도 귀신이잖아. 정말 안 보여?"

"그, 그렇지만…."

그러고 보니 맞는 말이었다. 하지만 나에게는 다른 귀신이 전혀 보이지 않았다. 어쩌면 내가 너무 이성적이어서 못 보는 걸까? 나는 살아 있을 때부터 고리타분하다는 소리를 많이 들었다. 안경, 똘똘이라는 별명처럼 재미없고 책만 읽고 공부만 잘하는 애였다. 귀신 따위는 당연히 믿지 않았다. 마법이니 유령이니 하는 말들은 허무맹랑한 미신이라고 생각했다.

"아마 네가 아직 죽음을 받아들이지 못해서일 거야. 보이지 않으니 못 믿는 것도 당연하고."

"…작년에 새 체육관을 지었어. 옛날 체육관은 허물고 그 자리에 급식실을 만들었어."

전학 온 이나는 모를 것 같아서 내가 아는 바를 말해 주었다. 이나가 고개를 끄덕이며 보이지 않는 귀신에게 말했다.

"들었지? 꼭 타임캡슐을 찾길 바란다."

이나가 체육관을 빙 돌아 앞쪽으로 나갔다. 확 트인 운동장이 나오자 그제야 나를 봤다.

"30년 전 묻은 타임캡슐을 찾기 위해 학교로 온 귀신이래. 너에 대해 말해 주는 대신 타임캡슐 찾는 걸 도와 달라고 해서."

"그래서 뭐래? 나에 대해 뭘 안대?"

이나는 입술을 살짝 깨물었다.

"그날은 낮에 비가 많이 온 날이었대. 그래서 영들의 기운이 강했고, 본 것뿐만 아니라 많은 걸 느낄 수 있었다는 거야. 본 건 한 무리의 아이들이 산으로 올라갔다는 것밖에 없고…."

이나가 말을 이으려는 순간 누군가 우리 둘 사이에 끼어들었다. 더 정확히 말하자면 내 몸 위에 겹쳐진 것이었다. 큰 키에 말랐지만 다부진 어깨. 바로 이우진이었다. 나는 화들짝 놀라 멀리 비켜섰다.

"장이나."

우진이 이나를 불렀다. 딱딱했지만 적의가 있는 목소리는 아니었다. 낮고 느린 목소리는 오히려 마음을 편하게 해 주는 부분이 있었다.

"왜?"

"여기서 뭐 하고 있었어?"

우진의 목소리가 놀랍게도 살짝 떨렸다.

"아무것도. 그냥 혼잣말 좀 하고 있었던 것뿐인데? 왜? 나한테 볼일 있어? 아니면 여기서 혼잣말을 하면 안 된다는 학교 규칙이라도 있나?"

이나가 쏘아붙였다. 우진은 예상치 못한 기습에 당황하는 것 같았다. 그저 말 한마디 붙인 대가치고는 이나가 심하긴 했다. 하지만 그렇게 해서라도 빨리 쫓아 버리려는 것이다.

"그런 거 아니야."

잠깐 흔들렸던 목소리가 다시 냉철하고 사무적으로 변했다. 우진은 망설임 없이 휙 뒤돌아 가 버렸다.

우진이 더 멀어질 때까지 기다리면서 나는 이나가 하던 말을 생각했다. 비가 많이 오는 날이라니. 악몽이 떠올랐다. 처절하고 두렵던 꿈. 끝에 나타난 우진이 아니었다면 무시무시한 꿈으로 남을 뻔했던 그 꿈. 그 꿈이 뭔가를 나에게 이야기하고 있는 건 아닐까?

6. 불길한 예감

"안 좋은 기운은 느낄 수 있었지만 저 영은 누가 누군지 얼굴을 알아볼 수는 없는 종이야. 네가 거기 있었는지도 모르겠다나 봐. 그날과 오늘의 기운이 많이 달라서 확신할 수가 없는 거지. 날씨 등 주변 상황으로 보나 뭐로 보나 너는 많이 달라졌거든."

"그래서? 그 애들이 나와 상관없는 아이들일 수도 있잖아. 비가 올 줄 모르고 자기들끼리 산에 올랐던."

"아냐. 예감이 안 좋아. 그날 산에 너 말고 다른 애들이 있었던 건 분명하잖아."

이나는 갑자기 적극적이었다. 아이들 무리가 있었다는 말을 듣고 서연 무리를 떠올린 게 분명했다. 자기에게 도둑 누명을 씌우려고 한 게 억울하고 분한 모양이었다. 나에게는 다행이었다. 이나가 도와주지 않는다면 나는 아무것도 할 수가 없었다.

어느새 사위가 어두워졌다. 이나는 자기 집으로 걸음을 옮겼고 나는 잠자코 그 뒤를 따랐다. 딱히 집으로 돌아가고 싶지도 혼자 있고 싶지도 않았다.

"왜 따라와?"

말은 그렇게 했지만 이나는 나보고 가라고 하지 않았다. 그래서 나도 멀찍이 떨어져서 따라갔다. 이나는 아무것도 안 보이는 척 긴장하고 있었지만 가끔 놀란 듯 몸을 움찔거렸다. 아마 다른 사람들이 못 보는 걸 봐서인 것 같았다. 아무리 강한 척하려고 해도 어쩔 수 없이 이나는 어린 소녀일 뿐이었다. 나와 같은.

"저기."

느닷없이 이나가 돌아보더니 입모양으로 속삭였다. 나는 얼른 이나 곁으로 다가갔다.

"누가 따라 와."

"귀신?"

나는 소리를 죽일 필요가 없지만 나도 모르게 속삭이고 말았다. 이나는 고개를 저었다.

"귀신이라면 네가 왔을 때 사라졌을 거야. 하지만 아니야."

귀신이 아니라고 하니까 오히려 더 무서워졌다. 누군가 내 죽음을 따라가는 이나를 해하려는 것은 아닌지 걱정이 되었다.

"내가 좀 둘러보고 올게."

이럴 때는 인간에게 보이지 않는 귀신 입장이 편했다. 나는 이나가 고갯짓으로 가리킨 쪽으로 가서 한 바퀴 둘러보았다. 그새 도망 갔는지 아무도 없었다. 촉이 강한 이나가 잘못 느꼈을 리는 없는데 이상했다.

"갔나 봐."

그제야 이나는 한숨을 내쉬었다. 이마에 송골송골 땀방울이 맺혀 있었다. 그러고 보니 아까부터 얼굴빛이 안 좋았다.

"혹시 아까 다른 귀신하고 이야기하느라 힘든 거야? 무슨 힘을 쓴다거나…."

나는 텔레비전 프로그램에서 보았던 무당이나 퇴마사 같은 걸 떠올렸다. 이나는 고개를 저었지만 금방이라도 쓰러질 듯 비틀거렸다. 그러고 보니 이나는 점심밥도 먹지 않았다. 담담한 척하지만 생각보다 꽤나 예민한 아이 같았다.

"좀 쉬어. 너 기운이 없어 보여."

"네가 뭘 안다고 그래? 그런 거 아니라니까."

내 딴에는 생각해서 한 말이 싸늘한 화살로 되돌아왔다. 하지만 이나는 내 말대로 잠시 벤치에 앉아 숨을 몰아쉬었다.

"계속 뭔가 본다는 게 어떤 일인지 너는 몰라. 수많은 영들이 자기 사연을 들어주길 바라고 나와 눈 마주칠 기회만 엿본다고. 눈이 마주치면 어떻게 되는지 네가 더 잘 알겠지?"

처음 이나를 봤을 때가 기억났다. 그때는 이나가 이상한 애라고 생각했지만 지금은 절실하게 이나에게 매달리고 있는 나였다. 수많은 귀신들이 나처럼 행동한다면 이나는 못 견딜 게 뻔하다.

"그렇다면 그 수많은 영들을 못 본 척하느라 지금 에너지를 쏟고 있단 말이야?"

"그래. 그나마 지금은 네가 있으니까 나쁜 악귀들은 달라붙지 않는 거야. 네가 아까 멀어졌을 때는 우글거렸지."

"내가 곁에 있을게. 계속."

"원래 부적을 쓰는데 효험이 끝나서 그래. 다시 부적을 만들어야 해. 할머니가 돌아오시면…."

이나는 더 말하지 않았다. 창백한 얼굴로 눈을 감고 있었다. 밤바람이 꽤나 찬데도 얼굴이 붉게 상기되어 있었다. 만져 보지 않아도 열이 난다는 것쯤은 알았다.

"어떡하지? 어떡해?"

내가 할 수 있는 일은 없었다. 할 수 있는 일은커녕 이나를 만질 수도 없었다. 아무리 도와 달라고 소리쳐도 듣는 사람이 있을 턱이 없었다. 귀신들은 내 소리를 듣겠지만 나는 그들을 볼 수 없으니 아무 도움이 안 됐다. 나는 발을 동동 구르며 이나에게 일어나라고 소리치기만 했다. 그런데 그때였다.

"장이나! 무슨 일이야?"

갑자기 눈앞에 우진이 나타났다. 우진이 사는 동네는 이나가 사는 아래쪽이 아니라 이제 막 입주를 시작한 위쪽 새 아파트였다. 그런데 마법 소환이라도 된 듯 '뿅' 하고 나타난 것이다.

"불덩이잖아?"

우진이 망설임 없이 이나를 업었다. 그리고 냅다 병원 쪽으로 뛰기 시작했다.

수액을 맞자 이나는 금세 깨어났다. 간호사가 이나의 열이 미열로 떨어졌다는 소식도 전했다. 우진은 연락된 이나의 보호자가 올 때까지 자리를 지키고 있었다.

"여기가 어디야?"

이나는 우진을 보고 1차로 놀랐고 장소를 보고 2차로 놀랐다. 분명 벤치에서 잠이 들었는데 병원이라니 놀랄 법도 했다. 이나 입장에서는 순간이동이라도 한 것처럼 느껴질 것이다.

"따뜻한 물 좀 갖다 줄래?"

이나가 우진을 내보냈다. 그리고 나를 바라보고 다시 물었다. 왜 자신이 여기 있는 거냐고.

"네가 갑자기 쓰러졌어. 열도 나는 것 같았고. 무리한 거지?"

"괜찮아. 오랜만에 집중해서 그런 거야. 곧 익숙해질 거야."

우진은 예상보다 빨리 돌아왔고 우리는 대화를 멈출 수밖에 없었다. 그런데 우진의 손에 물컵이 없었다.

"장이나, 할머니 오셨어. 난 물 가져올게."

우진이 다시 나가고 이나의 할머니가 침대 옆에 섰다. 할머니는 무시무시한 얼굴로 나를 정확히 노려보더니 소리쳤다.

"어디서 잡귀가 붙었노!"

7. 사물함 도난 사건

온몸에 소름이 돋았다. 나를 알아본 것도 놀라운데 그 노여운 목소리가 귀에 콱 박혀 머릿속을 울렸다. 나는 오들오들 떨며 이나 뒤로 숨었다.

"당장 떨어지지 못할꼬!"

"할머니, 그런 거 아냐. 이 애는 달라."

이나의 할머니가 무당이라는 게 떠올랐다. 무당옷을 입고 있지는 않았다. 오히려 화려하게 반짝이는 명품 코트를 두른 모습이었다. 하지만 그게 더 무서워 온몸이 얼어붙은 듯 굳어 도망갈 수가 없었다. 무당은 귀신과 소통하기도 하고 또 굿을 해서 귀신을 쫓아 버리기도 하지 않는가. 나를 없애 버릴 수도 있지 않을까? 그러면 진짜 소멸되는 것이다. 이 세상에서 사라지는 일.

"어허!"

할머니는 나를 겁주듯 내 쪽으로 한 걸음 다가오며 팔을 휘둘렀다. 내 얼굴로 따갑고 뜨거운 모래바람이 휘몰아쳤다. 무엇을 뿌린 것도 아니었는데 얼굴이 후끈후끈해졌다.

"악."

내가 주저앉자, 이나가 깜짝 놀랐다.

"할미가 아무리 늙었어도 우리 손녀에게 귀신 붙은 꼴은 못 본다. 남은 숨을 다 내놓아서라도 쫓아 버릴 거니 그리 알아라. 이나야, 저번에 그렇게 당해 놓고 또 곁을 내어 주었단 말이냐."

"아니라고! 그만해. 할머니는 저 애 얼굴 안 보이지? 겁에 질려 있는 저 얼굴 말이야. 슬아는 같은 반 친구야. 그냥 귀신이 아니라!"

"친구?"

이나 말에 할머니가 주춤했다. 나는 이나가 나를 친구라고 불러 준 것이 고마웠다.

"슬아야, 할머니는 네가 거기 있다는 걸 느낄 수는 있지만 나처럼 다 볼 수는 없어. 그러니까 네가 이해해. 덜 보이면 그만큼 오해가 생기기 마련이니깐. 그리고 할머니, 슬아는 곧 떠날 거야. 아주 간단한 일만 해 주면 갈 수 있거든. 그러니까 너무 걱정 말고 다시 가."

"할미 볼일은 걱정 마. 다시 네 곁을 지킬 테니 너는 학교 공부나 해. 저 요물이 진짜 네 친구인지 친구인 척 위장하고 있는지 알게 뭐냐. 넌 순진해서 속을 수도 있어."

"지켜? 날? 나 혼자서도 잘 살아. 여태까지 그랬잖아. 그러니까 가. 잔소리하고 참견할 거면 가라고."

이나는 할머니에게 온갖 짜증을 다 부렸다. 내가 엄마에게 하던 것과 비슷했다. 이유 없이 엄마에게 짜증을 내곤 했다. 굳이 이유를 찾자면 내 투정을 받아 줄 사람이 엄마뿐이어서였다. 다른 곳에서 받는 스트레스를 엄마에게 풀었는지도 모르겠다. 엄마를 떠올리니 또 눈물이 나올 것만 같았다.

나는 슬그머니 밖으로 나왔다. 따뜻한 물을 가지고 온 우진이 이나 침대 주변을 서성이며 눈치를 보고 있었다. 학교에서 보던 모습과는 다른 모습에 살짝 웃음이 나왔다. 우진을 한 번쯤 안 좋아했던 여자애는 없을 터였다. 나도 사실은 많이 좋아했다. 하지만 당연히 이루어질 가능성이 거의 없는 짝사랑이었다. 게다가 이제 그마저의 가능성도 0퍼센트가 되었다. 영영 이루어질 수 없다고 생각하니 조금은 슬프기도 했다.

여느 때처럼 눈을 뜨자마자 학교로 갔다. 늘 그렇듯 지각을 간신히 모면하는 시각이었다. 이건 내가 조절할 수 있는 문제가 아닌 모양이었다. 그날, 살아있을 때의 마지막 날도 그랬다. 어쩌면 그 날을 반복하며 살고 있는지도 모르겠다.

교실에 들어서자마자 누군가의 비명 소리가 들려왔다.

"이게 뭐야?"

아이들의 웅성거림이 평소와 다르게 들려왔다. 반 분위기는 싸 늘했고 공포까지 느껴졌다. 이질감을 느낌과 동시에 뒤에 사물함 이 모조리 열려 텅 비어 있는 걸 발견했다. 그것도 활짝.

"건들지 말래! 그대로 두랬어, 우진이가."

나처럼 뒤늦게 온 누군가가 자기 사물함을 확인하려고 하자 도 희가 나섰다. 서연 무리는 우진의 명을 전달하기 위해 사물함 양 옆을 지키고 서 있는 듯했다. 서연은 사진을 찍고 있었다. 있는 그 대로의 사물함 모습을 남겨 놓기 위해.

"도대체 누가 저런 짓을 한 거야?"

"난 교과서가 다 없어졌어."

아이들은 딱히 누구에게랄 것도 없는 불만을 쏟아 냈다. 누가 시 작한 말인지는 모르지만 귀신 짓이라는 소리도 떠돌았다. 왕따를 당하고 죽은 김슬아 귀신이 하는 복수라면서. 하지만 나는 아무 짓 도 하지 않았다. 그러기는커녕 아직 물건을 제대로 만질 수도 없었 다.

이번에는 우리끼리 해결할 수 없는 일이라고 여겼는지 우진은

62

담임 선생님을 찾으러 간 것이었다. 나는 사물함으로 다가갔다. 서연 무리가 막고 있어서 오히려 나 혼자 한적하고 편안하게 둘러볼 수가 있었다.

"지나치게 깔끔해."

내 말에 반응하는 사람은 이나뿐이었다. 이나는 눈짓으로 자기 사물함을 가리켰다. 사실 그 사물함 자리는 내 것이었다. 내가 죽고 빈 자리가 되면서 이나에게 간 것이었다. 이나도 그걸 생각하고 있는 것 같았다.

"우리 사물함을 노렸다는 거야? 너 뭐 넣어 놨던 거 있어?"

이나는 고개를 저었다. 다른 아이들도 없어진 건 시시껄렁한 물건들뿐이었다. 반쯤 남은 물티슈나 젖어서 벗어 놓고 간 양말, 중요한 물건은 기껏해야 교과서였다.

이나는 조용히 일어서 화장실 쪽으로 천천히 걸어갔다. 나와 대화를 하고 싶은 거였다.

"이나 너, 정말 아무것도 안 넣어 놨어? 없어진 거 없는지 잘 생각해 봐."

"없어. 난 교과서도 잘 안 들고 다녀서 아무것도 없었어."

"다행이다."

"그런데 이상해. 너무 이상하지 않아?"

"뭐가?"

"그냥 정상적인 방법이 아닌 것 같은 느낌이 들어서. 굳이 이렇게까지 해야 하나 싶은? 누군가 불필요한 일을 일부러 했다는 느낌이야."

이나는 보고 느낀 그대로를 말했다. 그저 감상이었을 뿐이지만 나에게는 도움이 되었다. 이나의 느낌을 믿으며 다시 둘러보다 보면 다른 뭔가가 보이기도 하니까.

나는 사물함을 찬찬히 다시 봤다. 최신 전자식 사물함. 각각 비밀번호를 입력해야 열 수 있는 것이었다. 내 비밀번호는 0000. 딱히 넣어 두는 소중한 물건이 없어서 초기 기본 비밀번호를 그대로 쓰고 있었다. 다른 아이들은 각각 다른 비밀번호를 쓸 터였다. 혹시 나처럼 귀찮아서 초기 번호를 그대로 쓰는 아이가 있다고 해도 한두 명일 터. 25명의 아이들이 모두 그렇다고 보기는 어려웠다.

그렇다면 열 수 있는 방법은 두 가지. 한 가지는 일일이 모두의 비밀번호를 알아내는 것. 그리고 나머지 한 가지 방법은 마스터키였다. 이성적으로 생각했을 때 보다 현실적인 방법이었다.

마스터키를 썼는지 알아내는 건 쉬웠다. 번호가 초기화가 되었는지 확인하면 되었다.

"선생님과 우진이 오면 자연히 알 수 있을 거야."

나는 이나에게 내 생각을 전한 뒤 기다렸다. 선생님은 사물함 상태를 보고 놀랐지만 우진이 잘 조치를 했다며 칭찬해 주었다. 우진의 부탁으로 서연이 없어진 물건 리스트를 완성해 둔 뒤였다.

"경찰이 올까?"

다시 선생님이 자리를 비우자, 이나가 걱정스런 얼굴을 했다. 그때 누군가 소리쳤다.

"이것 좀 봐! 쓰레기통에 다 있어!"

아이들이 우르르 몰려갔다. 쓰레기통 안에 사물함에 있던 우리 물건들이 다 들어 있었다. 아이들은 소중한 게 없다고 할 때는 언제고 앞다투어 자기 물건을 찾아갔다.

"아마 경찰까지 오는 일은 없겠다."

경찰은 안 올 것이다. 물건도 다 찾았고, 학교 측은 어떤 문제도 커지는 걸 원치 않으니까. 대외적으로 공개되어 문제시되는 걸 싫어할 테니까.

그런데 이상했다. 도난당한 물건이 없었다. 모두 자기 물건을 잘 찾아갔다. 범인이 원한 건 뭘까? 이나에 대한 협박이라고 보기에는 모두에게 피해가 갔고 이나에게 불안감을 심어 줄 만한 일도 아니었다. 이 찜찜함은 뭘까?

선생님은 사물함을 다시 닫고 비밀번호를 바꾸라고 했다. 비밀번호가 초기화 되었을 거라는 내 추리는 맞았고, 그렇다면 범인이 마스터키를 썼다는 게 된다. 마스터키는 원래 어디에 보관하지? 그걸 알아낸다면 범인에 한발 다가설 수 있을 터였다.

아이들은 투덜거리며 자기 사물함 번호를 바꾸고 정리했다. 모두 원래대로 진행되는 평범한 하루로 돌아갔다. 불현듯 머리를 스치고 지나는 생각이 있었다.

사건은 묻어 두기로 했지만, 선생님은 범인을 알아 두려고 하지 않을까?

나는 선생님을 따라나섰다. 과연 선생님은 교무실로 가 선생님들이 쓰는 수납장으로 곧장 갔다. 비밀번호를 입력해서 여는 서랍이 있었다. 교무실의 직원과 선생님들이 공용으로 쓰는 서랍인지 선생님은 가리지 않고 거리낌 없이 비밀번호를 입력했다.

4321

"이상하다. 있는데?"

선생님은 수많은 열쇠 가운데서 마스터키를 확인하고 한숨을 내쉬었다. 학교의 열쇠를 보관하는 서랍인 듯했다.

"뭐지?"

교실로 돌아오면서도 내 의문은 풀리지 않았다. 왜 사물함을 열었을까? 하찮다고 생각해서 없어진지도 모르는 물건 가운데 뭔가 범인이 원하는 게 있었던 걸까? 아니면 그저 잘 열리는지 테스트라도 해 본 걸까? 다른 아이들이 귀신이 벌인 일이라고 하는 게 무리는 아니었다. 나조차도 그렇게 생각될 정도였으니까.

8. 기억의 자리

이나는 샌드위치를 들었지만 한 입도 먹지 않고 도로 내려놨다.

"좀 먹어. 너 그러다가 또 쓰러져."

"너는 안 먹어도 돼서 좋겠다. 나도 그랬으면 좋겠어."

다른 애들은 모두 급식을 먹고 있었지만 이나는 조금 가져온 밥도 그냥 버리고 운동장으로 나왔다. 내가 샌드위치라도 먹으라고 잔소리를 해서 겨우 사 온 것이었다.

"개똥밭에 굴러도 이승이 좋댔어."

나는 언젠가 할머니에게서 들었던 말을 뱉었다. 뱉고 나니까 좀 민망했다. 내 처지에 그런 말을 하는 게 처량하기도 했다. 그래도 내 말이 효과가 있었는지 이나가 샌드위치를 먹기 시작했다.

"할머니는 다시 가셨어. 친구 분 일 도와주셔야 하거든."

"정말?"

어제의 이나 할머니를 떠올리면 뜻밖이었다. 이나와 나를 떨어뜨려 놓기 위해 당장 굿판이라도 벌일 기세였다.

"이런 일이 자주 있었어. 너랑은 좀 다르지만."

"자주?"

"응. 그런데 대부분 날 이용하려고 하는 어른들이었어. 다들 자기 이득만 챙기고 떠났지. 너처럼 어린 여자애는 처음이야."

처음에 이나가 나를 경계하며 멀리하던 일이 떠올랐다. 하지만 따지고 보면 나도 이나를 이용하고 있었다. 미안했다. 사실 우리는 아무 사이도 아니었으니까. 지금은, 친구라고 할 수 있을까? 이나는 친구라고 말해 주었지만.

"너에게 정말 고마워하고 있어. 내가 할 수 있는 일이 있으면 은혜를 갚고 싶어."

"상관없어. 이번 일은 보람차거든. 앞으로 내가 쭉 다닐 우리 학교에서 일어난 사건이기도 하고."

이나는 어깨를 으쓱했다. 그러더니 기세 좋게 샌드위치를 먹어 치웠다. 기분 탓일 수도 있지만 아까보다 혈색이 좋아진 것처럼 보였다. 그제야 난 내 생각을 말할 수 있었다.

"마스터키는 선생님들 모두가 쓰는 공용 서랍에 있었어. 비밀번호도 비교적 외우기 쉬운 4321이었고. 번호가 쉽다는 건 그만큼 크게 통제하거나 감시하는 사람이 없다는 뜻이기도 해."

"어차피 교무실에는 보는 눈이 많으니깐."

"그래. 그거야! 보는 눈이 많다는 거. 그러니까 그 서랍에 자연스럽게 접근할 수 있는 범인도 한정적일 수밖에 없어. 선생님들이거나, 아니면…."

"선생님들의 심부름꾼?"

"맞아. 학급임원들. 우리같이 다른 선생님들에게 낯선 애들이 서성였으면 바로 눈에 띄었을 거야. 하지만 평소 교무실 출입이 잦은 애들이라면 이상하지 않을 거야. 자연스레 가져갔고 그리고 자연스레 도로 가져다 둔 거야."

"그렇다면 이우진, 한서연? 우리 반 사물함만 열렸으니 다른 반 애가 그런 건 아니겠지?"

"아무래도?"

나는 서연은 물론이고 우진도 의심스러웠다. 우진이 내 주변을 서성이는 것도 이상한 일이었다. 그 애는 정말이지 남에게 도통 관심이 없었다. 내가 그 애를 멋있다고 생각하는 것과 별개로 냉정한 인간이랄까. 그런데 갑자기 비딱하고 이상하기까지 한, 자발적인 왕따를 자처하는 전학생에게 손을 내밀었다고? 분명 무슨 의도가 있을 것이다.

혹시 내 죽음과 이 사건이 무슨 연관이라도 있는 걸까?

따지고 보면 모든 게 이상했다. 하지만 죽음 이전의 나 역시 이 세상에, 우리 반과 나에 무심했다. 누군가 나를 싫어한다면 그것도 당연하게 받아들였다. 그럴 수도 있다고 넘겨 버렸고 되돌리려고 노력하지 않았다. 사실 늘 그랬다. 그래서 누군가 먼저 다가와 친구가 될 때까지 먼저 다가서지 않았다. 언젠가 도희가 그랬다.

"쟤는 자기가 세상을 왕따시키고 있어."

그 말을 기억하고 있는 이유는 어느 정도 맞는 말이었기 때문이다.

"나 산에 올라가 볼게."

뭐라도 해야 했다.

"무섭다며?"

이나가 의아해했다. 이나는 냉정한 척해도 감성적이었고 다른 사람의 감정에 공감을 잘했다. 내가 아직 준비가 덜 된 것을 알고 있었다.

"그래도 해야지. 뭔가 기억날 수도 있잖아."

"그럼 잘 다녀와. 무슨 일이 있으면 바로 나에게 와."

이나가 빈 음료수병과 쓰레기를 들고 일어섰다. 곧바로 자신에게 오란 말은 자신이 내내 나를 생각하고 있겠다는 소리였다. 순간 이동은 서로를 생각해야 가능하니까.

용기가 났다. 곧장 뒷산으로 갔다. 가슴이 쿵쾅거리며 요동쳤다.

아니, 실제로는 심장이 뛰지 않으니 쿵쾅거리는 기분만 든 것이다. 살아 있을 때의 습관처럼.

그래도 멈추지 않았다. 발걸음이 닿는 곳으로 마냥 걸었다. 기억은 지워졌어도 몸은 기억한다. 몸이 없어도 마음은 기억한다.

어느 순간 멈춰 서서 눈을 감았다. 이나가 했던 것처럼 나도 느끼고 싶었다. 비록 다른 귀신을 볼 수도 느낄 수도 없지만, 그래서 더 유리한지도 모른다. 나만을 느끼고, 내 과거의 흔적만을 따라갈 수 있었다.

"아!"

깜짝 놀라 눈을 떴다. 누군가 소리쳤다. 지금? 아니면 과거의 그날. 그날 누군가 지른 소리가 아직도 이 자리에 남아 있다. 그러고 보니 그 꿈. 꿈속에서 누군가 소리치고 그때 내 안경이 떨어졌다. 나는 지금 평소처럼 안경을 쓰고 있었지만 그날의 나는 안경을 떨어뜨렸다. 지금 쓰고 있는 안경은 아마 내 기억 속 안경이 재현된 것일 터였다. 죽을 때도 아마 안경은 없었을 것이다.

"그렇다면 여기."

바닥을 살폈다. 그새 낙엽이 많이 떨어져 있었다. 나는 물건을 만질 수 없었다. 하지만 지금 쓰고 있는 안경은? 집에서 아침마다 쓰고 나온다. 처음에 내가 귀신인지 모르고 했던 이후로 무의식 중에 하는 일이다. 학교에 가서는 있지도 않은 내 책상과 의자에 앉아 있기도 했다. 모든 건 내가 생각하기 나름이었다. 물건을 만지는 일도 같은 맥락일 것이다. 귀신이니까 당연히 못 만진다고 생각해서 못 하는 거 아닐까.

나는 숨을 깊게 들이마셨다가 내쉬고는 바닥으로 손을 뻗었다. 순간 낙엽이 손끝에 스쳐 움직였다.

"됐다!"

자신감이 생기니 그 다음부터는 쉬웠다. 낙엽을 걷어 내며 안경을 찾아보았다. 떨어뜨린 곳을 비교적 정확히 기억하고 있었기에 금세 찾을 수 있었다.

안경은 한쪽 알이 깨져 있었다. 내가 쓰고 있던 안경을 더듬어 보니 똑같은 자리에 금이 가서 깨져 있었다. 진짜 안경이 나타나자 그 모습으로 변한 것이다.

깨진 안경을 쓰고 나니 또 어딘가에서 비슷한 기운이 느껴졌다. 어딘가에 또 내 물건이 있었다. 나는 하염없이 그 기운을 따라 산을 올랐다.

얼마나 올라갔을까. 갑자기 기운이 강하게 느껴졌다. 가까운 곳으로 온 것 같았다. 내가 떨어뜨린 것이 또 있었다. 살아 있을 때도 죽는 순간에도 죽은 뒤에도 가장 중요하다고 느끼는 그것. 왜 그게 중요한지는 모르지만 꼭 찾아야 한다는 건 어렴풋한 기억 속에서도 분명했다.

기운이 어느 한 지점에서 나오는 게 아니어서 나는 이리저리 따라 달렸다. 꿈속의 그날과 같았다. 그날은 비가 오고 바닥이 진흙 범벅이 되어 미끄러웠다. 그러나 오늘은 땅이 말라 있었고 오히려 건조했으며 날이 화창했다. 다만 그때도 지금도 춥고 축축했고 외로운 건 마찬가지였다.

　나는 도대체 누구에게서 도망치고 있었던 걸까.

　이윽고 한곳에서 나는 멈춰 섰다.

　그리고 허리를 굽혀 그것을 주웠다.

　깨지고 화면이 나오지 않는 나의 휴대폰을.

9. 귀신 휴대폰

죽은 휴대폰을 가만히 보고 있노라니 나처럼 처량했다. 액정만 깨진 거라면 어떻게 해서든 살려 주고 싶었다.

"그날 떨어뜨리면서 완전히 망가졌나 봐."

화면만 고장 난 게 아닌 모양이었다. 불현듯 이상한 생각이 들었다. 정말 아무도 내 휴대폰을 찾지 않은 것일까?

"아무리 자살이라도 경찰이 휴대폰을 추적하거나 하지 않았을까? 또 우리 부모님은 내가 왜 죽었는지 알기 위해서라도 휴대폰을 찾아봤을 것 같은데?"

내 말에 이나가 휴대폰을 건네받으려 했다. 하지만 이나는 고개를 저었다.

"안 잡혀. 내 눈에 보이지만 가짜 같아. 귀신처럼. 충전은 해 보지도 못하겠는걸?"

우리는 휴대폰 충전을 해 보기 위해 학교 정문 편의점 앞에 와 있었다. 한참 휴대폰을 바라보던 이나는 내 깨진 안경을 가리켰다.

"이것도 혹시 저거 같은 거 아냐?"

아까 이나는 왜 갑자기 깨진 안경을 쓴 건지 물었다. 깨진 안경이 진짜였고 안 깨진 안경이 내 상념일 뿐이라고 장황하고 어렵게 설명할 수밖에 없었다. 진짜 안경이 깨진 걸 보자 내가 쓰는 안경도 실제처럼 깨진 안경이 된 거였다. 휴대폰도 비슷한 것일지도 모른다. 진짜 휴대폰은 어른들이 찾아서 가져갔지만 휴대폰의 영혼 같은 뭔가가 그 자리에 그 모습 그대로 남아서 귀신처럼 있었을 뿐이라고.

"그럼 이것도 귀신이란 말이야? 귀신 휴대폰?"

혹시나 싶어 내가 휴대폰 전원을 켜 보았다. 이나는 만질 수도 없던 휴대폰이 스르르 켜졌다. 깨진 액정 화면이 좀 비뚤게 보이기는 하지만 볼 수는 있었다.

"어? 어떻게 된 거야?"

이나가 깜짝 놀라며 내 휴대폰에 손을 가져갔다. 이나 손이 휴대폰을 스치자마자 도로 깜깜한 화면으로 돌아가 켜지지 않았다. 하지만 내가 다시 들자 정상적으로 작동했다.

"아마 나만 쓸 수 있는 것 같아."

"이런 경우는 처음 본다. 휴대폰이 죽어서 귀신 휴대폰이 되다니?"

이나가 신기한 듯 눈을 반짝였다. 여태까지 봤던 모습 중 가장 신난 표정이었다. 하지만 곧 나를 의식한 듯 원래의 무뚝뚝한 모습으로 돌아갔다. 알수록 신기한 애였다.

"한번 사용해 볼게."

나는 이나 번호를 입력한 뒤 문자 메시지를 보냈다.

딩동.

안녕?

"정말 왔다."

이나 휴대폰에 메시지가 떴다. 내가 보낸 메시지가 정말 떴다. 반대도 마찬가지였다. 이나가 전화를 걸자 통화가 되었고, 메시지도 갔다. 정말 신기했다. 나에게만 연락할 수 있는, 나만 쓸 수 있는 휴대폰이 맞았다.

우리는 편의점 앞에 서서 한참을 휴대폰으로 메시지를 주고받으며 깔깔댔다. 꼭 옛날로 돌아간 것 같았다. 친한 친구가 많지는 않았지만 걱정 없이 시답지 않은 농담을 주고받으며 수다를 떨 때가 좋았다. 이 학교에 와서는 한 번도 못 해 본 일이지만.

이나를 조금만 더 일찍 만났다면 얼마나 좋았을까.

그때 이나 휴대폰으로 메시지가 들어왔다.

장이나. 그만해.

아무것도 알려고 하지 마.

알려고 하면 결국 너에게까지 갈 거야.

무서운 일을 당하고 싶지 않으면 그만두는 게 좋아.

이건 널 위해서 하는 말이야.

명심해.

알 수 없는 사용자에게서 온 메시지였다. 익명의 메시지. 이건 경고이면서 협박이었다. 굳은 얼굴로 휴대폰을 보던 이나가 갑자기 씩 웃었다.

"재미있다."

"뭐?"

역시 괴상한 애였다. 나는 재미있다고까지는 생각하지 않았지만 이 메시지가 중요한 단서라는 건 알았다. 누가, 어떤 의미로 보냈던 간에 누군가 어떤 짓을 했다는 증거였다. 이나가 내 죽음을 파헤치는 걸 달가워하지 않는 무리가 존재한다는 게 메시지 하나로 증명되었다.

"그게 뭔데?"

갑자기 나타난 커다란 손이 이나의 휴대폰을 낚아채 갔다. 이번에도 우진이었다. 우진의 기습이 이제는 놀랍지도 않았다.

"네가 알려고 하는 게 뭔데?"

우진이 물었다. 퉁명스러웠지만 뭔가 걱정하고 있는 듯했다. 이나는 고개를 저었다.

"넌 몰라도 돼."

우진이 정말 모르는지, 시치미를 떼고 우리를, 아니 이나를 시험하고 있는지 알 수 없었다. 이나도 같은 생각인 것 같았다.

"따라오지 마."

"그래, 알았어."

우진이 별것 아니라는 듯 대답했다. 이나는 빠른 걸음으로 골목을 돌아 나가 우진을 따돌렸다. 우진은 정말 더는 따라오지 않았다.

"집에 갈 때도 멀리 돌아서 가야겠어. 요새 계속 누군가 따라오는 기분이 들거든."

이나는 하염없이 걸어갔다. 나는 조용히 그 뒤를 따랐다. 가는 동안 우리는 아무 대화도 나누지 않았다. 혹시나 누군가 따라붙었다면 이상해 보일 수 있었기에.

대화를 나누는 대신 나는 오늘의 일을 생각했다. 아주 조금이지만 진전이 있었다. 산에서 안경을 찾고 휴대폰도 되찾았다. 휴대폰을 줍는 순가 나는 휴대폰에 아주 중요한 게 있다는 걸 깨달았다. 손이 닿았을 때 그게 느껴졌다. 하지만 어떤 것인지는 정확히 기억이 안 났다. 그 뒤 아무리 휴대폰을 뒤져 봐도 안에 담긴 내용 중 중요한 것은 보이지 않았다. 어찌된 일인지 사진과 동영상이 아무것도 남아 있지 않았다.

아무것도 없다니 그게 더 이상했다. 나는 가끔 풍경이나 하늘 사진을 찍곤 했다. 바람 소리를 담아 보려고 동영상을 찍은 적도 있다. 혼자 뒷산에 올라 찍은 적이 많았다. 그런데 다 어디로 간 거지?

"누, 누구야?"

그때 이나가 갑자기 겁에 질린 목소리로 외쳤다. 생각에서 빠져나와 정신을 차리고 보니 이나가 뒤를 돌아보며 떨고 있었다. 귀신을 두려워하지 않는 이나였기에 뒤에 숨은 것의 정체는 인간이 분명했다. 인간이라고 생각하니 더 무섭게 느껴졌다.

"괜찮아? 저번에 그 사람이야? 경찰에 신고하자."

"쉿."

이나가 나에게 물러서라고 눈치를 주더니 휙 뒤돌아 냅다 뛰었다. 집으로 가나 싶었지만 집으로 가지 않고 큰길에 있는 분식집으로 들어갔다. 분식집에는 학원 수업을 마치고 나온 아이들로 북적이고 있었다.

"아줌마, 김밥 한 줄하고 떡볶이 1인분이요."

이나는 급히 주문을 하고 한쪽 자리에 앉아 고개를 숙이고 휴대폰을 하는 척했다. 나는 슬쩍 이나를 따라 들어가 옆자리에 앉았다. 조금 뒤 나온 김밥과 떡볶이가 먹음직스러웠다.

"맛있겠다. 배가 안 고파서 다행이지만 맛을 못 봐서 아쉬워."

이나는 나를 보고 대답하지 않고 대신 휴대폰을 들었다. 조금 뒤 내 폰으로 메시지가 왔다.

귀신은 제삿밥 받아먹는 걸로 만족해야 해.

"우리 엄마는 교회 다니는데 내 제사를 지내 주실까?"

우리 엄마도 교회 다녀.

그런데 우리 아빠 제사는 지낸다더라.

이나는 마치 엄마가 제사를 지내는 걸 어디서 들은 것처럼 말했다. 그리고 보니 이나는 할머니 집에서 사는 것 같았다. 집 안에 다른 가족의 흔적은 없었다. 엄마가 있는데 왜 할머니와 단둘이 사는 걸까.

"그런데 지금 누가 따라오는 거야? 혹시 누군지 봤어?"

봤어.

이나는 짧게 답하고 음식에 집중했다. 또 우진일까? 하지만 우진이라면 이나가 그렇게 겁을 먹지는 않았을 것이다. 아니면 우리에게 협박과 경고를 한 사람? 혹시 이나를 싫어하는 서연의 무리들?

가자. 간 것 같아.

이나는 김밥만 몇 개 집어먹고 떡볶이는 손도 대지 않고 일어섰다. 나는 떡볶이를 보고 먹음직스럽다고 생각했지만 배가 고프지 않았다. 이나를 만난 날부터 지금까지 나는 전혀 먹지 않았다. 그전에 잠들어 있어 기억나지 않던 2주일 간도 마찬가지였을 듯했다. 아닌가? 나의 장례에서 나도 모르게 뭔가 먹었을까? 죽은 건 처음이라서 전혀 감이 잡히지 않았다.

돈을 내고 막 가게를 나서는데 누군가 이나 앞을 막아섰다.

"이나야!"

어떤 아줌마였다. 이나는 그 아줌마 얼굴을 보자마자 눈이 커지더니 고개를 옆으로 휙 돌려 버렸다. 아줌마가 이나 팔을 잡았다.

"이나야, 엄마가 미안해."

83

"엄마라고? 쫓아오던 사람이 엄마야?"

나는 깜짝 놀라 소리치고 말았다. 다행히 이나 엄마는 이나의 할머니와 달리 귀신을 못 보고 못 듣는 것 같았다.

"왜 또 나타난 거죠? 도망갈 때는 언제고?"

이나는 아까 동요하던 것과 달리 낮은 목소리로 침착하게 말했다.

"미안해. 하지만 그때는 그럴 수밖에 없었어."

"식상해. 그런 핑계. 가! 가라고!"

이나는 휙 뒤돌았다. 손끝이 덜덜 떨리는 게 보였다. 눈가에 눈물이 맺혀 있었다. 엄마는 이나의 약점 같았다. 가장 두렵고 가장 슬픈 존재. 그래서 증오하는 사람.

이나의 엄마는 힘없이 서 있기만 할 뿐 더는 이나를 쫓아오지 않았다. 집 앞에 와서야 이나가 말했다.

"내가 나쁜 거 같아? 저 여자는 여섯 살 어린 딸을 자기 엄마한테 맡겨 두고 가 버린 사람이야."

"그래서 네가 할머니랑 사는 거야?"

"응, 그나마 할머니도 자기 볼일 보느라 굿하느라 전국을 떠돌아서 나랑 같이 못 있지만. 어릴 때는 같이 다녔는데 학교 들어가서는 결석을 자주 할 수가 없어서 나 혼자 지낼 때가 많아."

"그랬구나…."

뭐라고 위로할지를 몰라 애매하게 대답했다.

"엄마는 할머니를 안 닮았는지 귀신을 못 봐. 그런데 나는 보거든. 그게 무섭대. 그래서 도망간 거야. 어디 멀리 가서 혼자 살면서 교회를 열심히 다닌대. 자기도 갑자기 귀신을 보게 될까 봐 그런다나 봐."

이나가 너무 불쌍했다. 엄마도 할머니도 이나가 필요할 때마다 함께 있지 않았고 이나는 그래서 차가운, 차가운 척하는 애가 되어버린 것 같았다. 귀신들이 달라붙어서 도와 달라고 할 때마다 도와주고 다닌 게 무리도 아니었다. 이나는 외로운 것 같았다. 누군가 자신을 원한다는 게 위로가 됐을 것이다. 귀신이 무섭다는 이나 엄마가 이해가 되기도 했지만 그렇다고 용서가 되는 건 아니었다.

"너도 힘들겠다…."

겨우 위로의 말 한마디를 건넸다. 그러자 이나가 나를 보고 쓴 웃음을 지었다.

"미안해. 나보다 훨씬 힘든 건 넌데. 내가 배가 불렀다."

나는 집중해서 팔을 뻗어 이나 손을 잡았다. 겨우 손이 잡혔다. 따뜻한지 차가운지 느낄 수 없지만 어찌 되었든 내 노력에 이나의 마음만은 조금이라도 따뜻해졌으면 했다.

10. 진실

아침 일찍 학교로 갔다. 좀 더 노력해야겠다는 생각이 들어서였다. 학교에 있다는 다른 귀신들은 여전히 느껴지지 않았다. 이나는 해질녘의 시간, 낮과 밤이 만나는 그 경계에서 귀신의 기운이 시작된다고 했다. 반면 밤이 가고 해가 떠오를수록 기운은 사라졌다. 나는 아무것도 느낄 수 없어서 이나가 부러웠다.

"웃기지 마!"

누군가의 대화 소리를 들은 건 등교가 한 시간도 더 남은 시각이었다. 강당 옆 좁은 공터에서 나는 소리였다.

"야, 그게 말이 된다고 생각해? 너는 뭐 깨끗한 줄 알아?"

낮지만 강한 어조. 익숙한 목소리였다. 처음에는 반사적으로 숨었다가 이내 그들 앞으로 나갔다. 숨어 있을 이유가 없는데도 나도 모르게 숨어 있던 것이다. 하지만 늦었다. 그들의 대화는 끝났고, 이미 한 명씩 밖으로 나오고 있었다.

도희와 규림, 그리고 아린.

셋이 왜 싸우고 있었던 것일까? 셋은 비록 서연으로 묶인 친구 사이긴 했지만 그럭저럭 사이가 좋았다. 분명 말이 안 된다고 윽박지르던 목소리의 주인은 규림이었다. 그렇다면 그 상대는 도희나 아린.

처음 이나가 서연에게 나의 죽음에 대해 물었을 때 쫓아와 경고해 주던 아린이 떠올랐다. 경고 혹은 협박 같던 그 문자 메시지도 아린이 보낸 것일지도 몰랐다. 자세한 건 알 수 없었지만 정황상 아린이 나머지 둘과 반하는 의견을 내놓았을 가능성이 컸다.

그리고 아마 도희나 규림이 서연의 편을 들었을 것 같았다.

이나에게 이 이야기를 하자 이나는 아린과 이야기를 좀 해 봐야겠다고 했다. 그날 조심하라고 말한 이후 아린은 늘 이나를 피해 다녔다. 이야기를 하겠다는 발상이 위험할 수도 있었다. 다가가려 하면 할수록 아린은 뒤로 물러설 터였다.

"메시지를 보내는 게 어때? 경고 메시지를 보낸 게 아린이 맞다면, 우리 말을 알아들을 거야."

"좋은 생각이다."

우리는 메시지 내용을 상의해서 고치고 고친 끝에 아린의 번호로 메시지를 발송했다.

무서운 일이 뭐야?

그날에 대해 말해 줘.

더 늦기 전에.

답을 기다렸지만 바로 답이 오지는 않았다. 아무래도 아직 학교였고, 보는 눈이 많아 보내기 어려운 것 같았다. 아린의 곁에는 온종일 서연 무리가 붙어 있었다. 아침에 그런 말싸움을 했다는 건 상상도 하기 힘들 만큼 다정한 척을 하면서.

이나는 메시지가 오면 바로 나에게 알려 주겠다고 했다. 이제 우리는 휴대폰으로 메시지를 주고받을 수 있어, 떨어져 있어도 불안하지 않았다.

나는 혼자서 다시 산에 올랐다. 이번에는 휴대폰을 발견한 곳에서 좀 더 올라가기로 했다.

기억을 더듬어, 반복되던 꿈속을 더듬어.

이나를 만난 다음부터는 그 꿈을 안 꿨다. 헤매던 미로 안에서 겨우 출구의 빛을 발견한 느낌. 절망했다가 나갈 방법을 찾을 수 있다는 희망을 찾은 것 같았다.

88

후두둑.

날이 흐리다 싶더니 갑자기 굵은 빗줄기가 떨어지기 시작했다. 순식간에 흐린 것을 넘어 어둠이 내렸다. 그날처럼 밤 같은 건 아니었다. 하지만 순식간에 기분이 그날처럼 가라앉았다.

왜 그날 나는 맨발이었을까. 나는 무엇에게서 도망치고 있었을까.

휴대폰을 떨어뜨렸던 그곳에서 조금만 더 가면 내가 뛰어내렸다는 낭떠러지였다. 나는 두 눈을 질끈 감고 거기까지 가기로 결심했다. 더 미룰 수가 없었다. 한 발 한 발 내딛을 때마다 악몽이 떠오르고 괴로웠다.

이윽고 그곳이 보이자 머리가 아파 왔다. 어지러웠다. 눈앞에 안개가 스멀스멀 밀려들어 오는 기분. 알 수 없는 오한이 들었다. 귀신도 아플 수가 있는 건가? 난 이미 죽었잖아. 그런데 왜 고통스러운 거지? 힘들었다. 내가 스스로 뛰어내렸다는 그곳을 보고 있노라니 원래 심장이 뛰었어야 하는 그 자리가 갈기갈기 찢기는 것 같았다.

툭툭.

비가 쏟아지기 시작했다. 꼭 그날처럼. 나는 여기에서 무슨 생각으로 뛰어내렸을까? 의미 없는 내용의 유서가 발견된 곳도 여기. 하지만 난 쓴 기억이 없다. 내 문장이 아닌 것만 같다. 아니. 난 아무것도 기억나지 않는다. 여기까지 정신없이 뛰어왔다는 것밖에는 아무것도 모른다.

"악!"

내 비명이 들렸다. 지금 지르는 것이 아닌 과거에 내가 내지른 흔적이 장소에 고여 울리고 있었다. 발이, 발이, 축축하고, 미끄러웠다. 난 신발을 신지 않았고 양말만 신고 있었다. 그리고 양말은 이미 진흙 범벅이 되어 의미 없이 너덜너덜하고 진득한 천 조각이 되어 발에 들러붙어 있었다.

"악!"

비명과 함께 난 미끄러졌다. 눈이 잘 보이지 않아 어디에서 미끄러진 건지도 정확히 몰랐다. 내 몸이 허공에 붕 떴다. 나는 생각했다. 지금 난 어떻게 되는 걸까. 나는 왜 여기 있는가. 비를 다 쏟아낸 먹구름이 걷히고 거짓말처럼 해가 나왔다. 이미 해는 지고 있었다. 세상이 핏빛이었다.

쿵.

내 머리에서도 피가 쏟아져 세상을 물들였다.

'이게 끝인가?'

내가 한 마지막 생각이었다.

"윽."

머리가 깨질 것 같았다. 갑자기 아무것도 보이지 않았다. 하지만 백지가 된 눈앞에 또 다른 광경이 펼쳐졌다. 꼭 영화가 상영되고 있는 것 같았다.

"너 내가 한심하다고 생각했지?"

서연이었다. 비가 오려고 먹구름이 몰려드는 하늘을 찍고 싶어 산에 올랐고 나는 홀로 동영상을 찍고 있었다. 그런데 그 애들이 몰래 따라온 모양이었다. 우연히 산밑을 지나다가 내가 올라가는 것을 봤는지 처음부터 작정하고 노린 것인지는 모르겠지만, 반가운 만남은 아니었다. 서연이 다짜고짜 따지고 들었다.

"내가 한심하냐고!"

"아냐. 내가 왜 그런 생각을 해?"

투명인간으로 지내서일까? 서연이 무슨 말을 하는 건지 알 수가 없었다.

"정말 맘에 안 들어. 여기 지금 아무도 없어. 우리뿐이니깐 솔직해져도 돼."

서연이 이런 식으로 거칠게 말하는 건 처음 봤다. 지금 서연은 진짜 솔직해 보였다. 교실에서는 늘 천사표인 척 웃으며 친절히 말하던 서연은 온데간데없었다. 평소와 달랐다. 규림과 도희가 가까이 다가왔다.

"사과해."

"무, 무슨…."

"잘못했다고 말하라고."

규림과 도희가 마주 보며 웃었다. 낄낄거리는 소리에 소름이 돋았다. 교실에서 투명인간 취급을 할 때가 차라리 나았다. 나도 다른 애들을 무시하면 됐다. 그런데 대놓고 굴욕을 당하는 건 참을 수 없었다.

"싫어. 내가 왜?"

나는 고개를 들고 눈을 부릅떴다. 당하고만 있을 수는 없었다. 순간 첫 시험에서 내가 서연을 앞지른 일이 떠올랐다. 나에게 와 직접 점수를 확인하고 입술을 깨물던 서연. 저도 모르게 꽉 움켜진 손바닥에는 손톱자국이 나 있었다. 그래서 나는 말했다. 미안하다고. 왜인지는 모르지만 사과하고 싶어서 그랬다.

"내가… 1등을 해서 그런 거야? 아니면 사과를… 해서?"

"그, 그런 말이 아니잖아."

서연이 조금 당황했다. 내가 정답을 맞힌 것 같았다. 그랬다. 정확히 그때부터였던 것 같다. 별문제 없이 잘 지내던 아이들도 나에게서 고개를 돌리던 시점. 그때부터 나는 투명인간이 되었다. 누군가의 지휘 아래.

말도 안 되는 일이었다. 1등은 단 한 번이었다. 그 뒤로는 서연이 압도적인 차이로 앞섰다. 어째서 이런 별거 아닌 이유로 사람을 따돌릴 수 있을까.

멍하게 서 있는데 누군가 내 머리를 후려쳤다.

"아아."

나는 통증과 놀라움 때문에 앞으로 넘어졌다.

거의 동시에 뒤쪽에서 아린이 큰 소리로 말했다.

"그냥 사과해 줘!"

깜짝 놀란 건 나뿐이 아니었다. 다른 애들도 놀라 아린을 바라봤다. 늘 조곤조곤 말하는 아린이 한 말 중 가장 큰 소리였다.

도희와 규림이 서로 얼굴을 마주 보고 어깨를 으쓱했다. 아린은 얼굴이 벌거면서도 나를 보면서 다시 소리쳤다.

"사과하고 그냥 조용히 끝내자."

순간 그 애와 눈이 마주쳤다. 진실되고 간절한 눈빛이었다. 내가 그 애들이 시키는 걸 꼭 했으면 한다는 걸 느꼈다. 아마 아린은 알았을 것이다. 내가 버티면 그 애들을 더 자극할 테고 그러면 더 심한 일이 벌어질 수 있다는 것을.

그래도 난 할 수가 없었다. 아린이 나보다 그 애들에 대해 더 잘 알 거라는 걸 알면서도 그대로 따를 수가 없었다.

"아니야, 난 안 해."

말이 끝나기 무섭게 도희와 규림이 나를 잡았다. 무릎이라도 꿇리려는 것 같아서 몸에 힘을 줬다. 순간 서연이 보였다. 서연이 나를 무서운 눈으로 쏘아보고 있었다.

"그때는 미안하다고 잘도 말해서 나를 비참하게 만들더니, 진짜 사과해야 할 때는 안 하네? 오늘 한번 죽어 볼래?"

아직 아무 일도 일어나지 않았지만 덜컥 겁이 났다. 공포가 밀려 왔다. 아린이 왜 그랬는지 알 것 같았다. 서연은 그날 자존심에 상처를 입었고 오늘 또 한 번 자존심에 금이 갔다. 자존심은 서연의 모든 것이었다. 서연이 이제 무슨 짓을 할까? 진짜 죽이지는 않더라도 나를 때리기라도 하지 않을까?

나는 온 힘을 다해 벌떡 일어났다. 내 서슬에 놀란 도희와 규림이 나를 놓고 옆으로 물러섰다. 이때였다. 나는 달리기 시작했다.

아까 넘어질 때 벗겨졌는지 운동화가 한 짝밖에 없었다. 비가 쏟아지기 시작했을 때 발을 보니 어느새 다른 한 짝도 사라지고 난 맨발이었다. 그래도 달렸다. 숨이 차면 나무 뒤에 숨어 잠시 숨을 돌렸다.

"야!"

어느 순간 규림이 나를 찾아냈다. 그 애는 나를 가리키며 다시 소리쳤다.

"저기 있다!"

다른 애들이 우르르 몰려왔다. 도희와 서연. 그 애들은 예쁜 빛깔의 우산을 쓰고 있었다. 맨 뒤에서 숨을 헐떡이며 겨우 뒤쫓아

온 애는 아린이었다.

놀란 나는 안경을 떨어뜨렸다. 빗물까지 눈을 가려 세상이 더 뿌옇게 되어 버렸다. 하지만 주울 여유가 없었다.

나는 그저 달렸다. 도망치는 것밖에 다른 수가 없었다. 어느 순간 주머니 안에 있던 휴대폰이 생각났다. 동영상을 찍고 있던 그대로 주머니에 넣었던 것이다. 꺼내 보니 역시 동영상이 찍히고 있었다. 주머니 안에 있어서 영상이 찍히진 않았지만 상황을 알릴 수 있는 소리는 담기고 있었다. 그 애들이 했던 모든 말들.

저장 버튼을 누르고 다시 주머니에 넣으려는데, 손이 미끄러졌다.

툭.

휴대폰이 떨어졌다.

"김슬아!"

주울 새가 없었다. 그 애들이 다시 나를 찾아냈다. 나는 다시 달렸다.

그리고 그곳에서 미처 낭떠러지를 보지 못하고 미끄러졌다. 떨어져 머리를 다쳤다.

나는 그렇게 죽었다.

"다 생각났어!"

다시 휴대폰을 뒤적였다. 역시나 사진과 동영상이 아무것도 없었다. 나는 늘 많은 사진과 영상을 찍었기 때문에 따로 SD 카드를 구입해서 거기에 저장하며 썼다. 이번에도 그랬다. SD 카드가 없어지거나 고장 나서 안 보이는 것 같았다. 휴대폰 뒤를 열어 보니 SD 카드가 빠지고 없었다.

"역시."

휴대폰을 주웠을 때 뒷부분이 반쯤 열려 있었다. 떨어지면서 충격으로 벌어진 거라고 생각했는데 그때 아마 SD 카드가 빠져 날아간 것 같았다.

나는 서둘러 휴대폰이 있던 곳으로 갔다. 그리고 그 주변을 샅샅이 뒤졌다. 하지만 찾기 힘들었다. 지금은 그때와 상황이 달랐다. 없던 낙엽이 수북이 덮여 있었다. 그 아래 어딘가에 SD 카드가 있을 터였다.

"괜찮아. 찾을 수 있어."

나는 몇 번이나 다짐하며 찾아보았다. 긍정적인 생각이 긍정적인 결과를 만든다는 말을 들은 적이 있었다. 지금은 그 말이 맞기를 바랄 수밖에 없었다. 내가 자살한 게 아니라 쫓기다가 실족사한 거란 게 밝혀지면 그 애들도 무사하지 못할 것이다. 사고를 유발한 것도 모자라 가짜 유서로 조작까지 했다. 이 일이 세상에 알려지면 서연은 더는 행복한 표정으로 웃을 수 없을 것이다.

> 교문 앞이야.
>
> 왜 안 와?

　메시지가 왔다. 이나와 학교가 끝나는 시간에 교문 앞에서 만나기로 한 터였다. 어느새 시간이 꽤나 흘러 있었다.

　나는 서둘러 교문 앞으로 갔다. 이나가 안 보여서 어디 있나 싶었는데 한쪽 구석에 숨어 있었다.

　"왜 여기 숨어 있어?"

　"저기."

　이나가 가리키는 곳에는 서연이 화난 얼굴로 길 건너에 서 있는 어떤 남자애를 노려보고 있었다. 다른 학교 교복을 입은 애였다. 어쩐지 험상궂은 분위기가 나는 게 모범생인 척하는 서연과 전혀 어울리지 않았다.

　"어이, 한서연!"

　남자애가 서연을 발견하고 오라고 손짓했다. 그러자 서연의 표정이 더 험악해졌다. 포커페이스인 서연을 무너뜨린 걸 보면 단순히 아는 사이는 아닌 듯했다.

　"내가 따라가 볼게."

　나는 서연 쪽으로 이동했다. 서연과 그 뒤에 있는 서연 무리를 보니 분노가 치밀었다. 나를 쏘아보고 따지던 그 애가 떠올랐다.

잔인하고 독한 아이였다. 악마였다. 서연의 약점을 잡을 수 있다면 세상 끝까지도 따라갈 생각이었다. 하지만 서연은 그 남자애를 따라가는 대신 다시 학교로 들어가 버렸다. 서연과 함께 있던 서연 무리도 당황하며 학교로 따라 들어갔다.

나는 서연을 포기하고 그 남자애에게 갔다. 다행히 명찰을 다는 인근 학교였다.

곽도훈.

나는 학교와 이름을 외웠다. 언젠가 꼭 쓸모 있는 정보가 될 터였다. 나는 이나에게 돌아갔다.

"너에게 할 말이 있어."

"할 말?"

이나에게 그날의 진실을 다 말해 주었다.

11. 또 다른 사건

사흘간 이나와 산을 올라 SD 카드를 찾아봤다. 하지만 아무리 찾아도 없었다. 처음에 진실을 듣고 분노하며 꼭 증거를 찾아야 한다던 이나도 결국 힘이 빠졌다.

"누가 이미 가져간 거 아닐까?"

"설마 그 애들이? 아닐 거야. 내가 동영상을 찍고 있는 것도 몰랐다고."

"그런데 이상하긴 해. SD 카드를 누가 가져갔다고 해도 귀신 SD 카드는 있어야 하는 거 아니야? 휴대폰은 실물이 사라졌어도 네가 가질 수 있었잖아."

"휴대폰은 뭐랄까, 엄밀히 말해서는 내가 잃어버린 물건이 아니었잖아. 나는 안경도, 휴대폰도 거기 떨어지는 걸 죽기 전에 이미 봐서 알고 있었다고. 그래서 그 기억이 그 물건을 가질 수 있게 만든 거 같아."

"SD 카드는 어디로 갔는지 모르는, 잃어버린 물건이라서 다르다 이거지?"

"맞아. 내 짐작은 그래."

어쨌거나 SD 카드는 오리무중이었다. 우리는 한숨을 쉬었다. SD 카드만 찾으면 모든 게 끝날 일이었으나 우리는 결승선을 코앞에 두고 어쩔 수 없이 돌아서야 하는 마라톤 선수 같았다.

"증거를 못 찾으면 증인이라도 있어야 할 텐데."

산을 내려오면서도 이나가 아쉬워하며 자꾸 뒤를 돌아봤다.

사흘간 아린에게는 답이 없었다. 아린이 아니었을지도 모르겠다. 하지만 누가 또 그런 메시지를 보낼 수 있을까? 아린은 그날도 나를 위해 소리쳤다. 그 애들이 원하는 걸 해 주라고 악을 썼다. 그 기억이 나는 아린이 아직도 이나와 나를 도우려 한다고 확신하게 만들었다. 하지만 아직 용기가 없는 것 같았다. 도희와 규림의 다그침이 무서운지도 모르겠다.

교실이 소란스러웠다. 이미 조회 시간이 다 되었는데도 담임 선생님은 보이지 않았다. 우진과 서연도 없었다.

"교무실 지금 난리야."

선생님을 찾으러 교무실에 다녀온 아이가 소식을 전했다. 각 학급 임원들이 차례대로 모두 소환되었다는 것이다.

"도둑이 들었대."

"도둑?"

"비밀번호까지 있는 서랍이 활짝 열려 있었대."

서랍이라는 말을 듣자마자 떠올랐다. 비밀번호 4321인 서랍.

"우리 사물함처럼?"

"무섭다."

"이번에도 귀신 짓인가?"

아이들이 떠들며 몸을 장난스럽게 떨었다.

임원들이 소환된 이유를 알 것 같았다. 서랍 비밀번호를 알고 있는 애들을 조사 중인 것이다.

"그런데 뭐가 없어진 거래?"

"아직 모른대."

소문만 듣고 있을 수는 없었다. 나는 단번에 교무실로 갔다. 조사 결과 별 게 없었는지 벌써 임원들이 하나둘 나오고 있었다.

"아니, 애들을 그냥 보내면 어떻게 해요?"

"없어진 게 없는데 그럼 어떡합니까?"

선생님들 의견이 분분했다. 결과적으로 도둑맞은 물건은 없는 것 같았다. 다들 찜찜해하기는 하지만 달리 방법이 없었던 것이다. 비밀번호를 바꾸고 임원들에게 심부름시키는 관행을 없애자는 취지의 회의를 하고 선생님들도 교무실을 빠져나왔다.

도대체 누가? 왜?

아무리 생각해도 이건 사물함 도난 사건과 연관이 있었다. 열린 서랍이 사물함 마스터키가 있던 그 서랍이었다. 하지만 이런 일을 벌인다고 해서 이익을 얻을 사람은 없었다. 없어진 것도 없었다. 정말 귀신의 장난처럼 생각되는 사건들이었다.

이나와 만나기로 한 복도 끝으로 가면서 나는 아이들 사이에 돌고 있는 소문에 대해 생각했다. 나의 죽음 뒤에 이상한 일들이 연쇄적으로 일어나고 있다는 소문. 사물함 사건 뒤로 아이들은 사소하고 이상한 일은 다 내 탓을 했다. 일명 김슬아의 저주. 유리창이 깨지거나 동네에 죽은 아기 고양이가 발견되었을 때도 그건 다 내 저주 탓이 되어 버렸다.

복도 끝에 이나가 서 있는 게 보였다. 그런데 이나는 혼자가 아니었다. 키가 큰 남자아이와 함께였다. 이우진.

"자꾸 왜 날 따라다니는데?"

아무래도 우진이 여기까지 이나를 미행한 것 같았다. 이나는 내 쪽을 슬쩍 보며 눈짓을 하더니 뒤돌아 가는 시늉을 했다. 우진이 이나를 서둘러 잡았다.

"사실 나, 너의 능력에 대해 어느 정도 알고 있어."

이나와 나는 놀라 서로를 바라봤다.

"능력? 무슨 능력?"

"너 귀신을 보잖아. 무당 같은 거지?"

어떻게 안 걸까. 우진이 그동안 이나를 관찰하거나 따라다닌 건 알고 있었지만 이렇게 자세히 알고 있을 줄은 몰랐다. 그럼 혹시 나에 대해서도 알고 있는 건 아닐까?

"무, 무슨 소리야?"

"네 전학 사유에 대해 알고 있어. 예전 다니던 학교 담임이 우리 학교에 널 추천하면서 지금 담임에게 전달한 사항이 있거든. 학교 동상에 붙은 악귀를 없애야 한다고 주장했다며?"

이나가 얼어붙었다. 나도 처음 듣는 소리였기에 지켜볼 수밖에 없었다.

"아, 오해는 마. 나쁜 소리만 한 건 아니니깐. 네가 지나치게 감성적이긴 하지만 미술에 소질이 많은 아까운 아이라며 널 추천한 거거든. 우리 학교는 아이들의 재능을 살리는 데 많은 투자를 하는 곳이잖아."

우진은 마치 자기 소유의 학교 자랑이라도 하듯 말했다. 이 학교를 다니는 데 우월의식을 느끼고 있는 듯했다. 실제로 우진은 과학 영재였고 학교에서 많은 지지와 지원을 받고 있었다.

"네 그림도 한번 보고 싶다."

이나가 우진의 말에 두 주먹을 불끈 쥐었다.

"그런 한가한 소리 좀 하지 마. 넌 내가 미친 것 같겠지만 진짜 악귀가⋯."

"아냐. 난 널 믿어. 귀신이 있다고 생각해. 그리고 네가 본다는 것도 믿어."

우진이 말했다. 확신에 찬 말투였다. 이나는 멍하니 우진을 바라봤다.

"⋯왜? 아무도 안 믿는데 왜 넌, 믿는다는 건데?"

"믿어야 하니깐. 믿고 싶으니깐."

우진이 어쩐지 서글픈 표정으로 말했다. 왜일까.

"어쨌든 난 네 편이니까 도와줄게. 필요한 거 말해."

"없어."

이나는 생각도 하지 않고 말했다. 나는 당황했다. 생각지도 못한 우진의 도움은 큰 힘이 될 것 같았다.

"이나야, 좋다고 해. 이우진은 유용할 거야."

"알았어. 좋아. 필요한 일 생기면 연락할게."

이나는 내 말을 즉각 받아들여 주었다. 그리고 우진에게 휴대폰을 내밀었다.

"네 번호는 이미 알아."

우진은 이나에게 전화를 걸었다. 담임에게 온 추천서를 몰래 본 것도 모자라 이나의 전화번호도 알아낸 모양이었다. 설마 그러면 경고 메시지를 보낸 것도 아린이 아니라 우진인 걸까? 아린에게서 답장이 없는 걸 보면 그럴 가능성도 분명히 있었다.

"우진에게 교무실 서랍을 열었냐고 물어봐."

"네가 혹시 교무실 서랍 열었어?"

이나가 내 뜻에 따라 질문했다. 우진은 대답 대신 한 바퀴 돌며 주변을 돌아봤다.

"혹시 여기에도 누가 있냐?"

나를 말하는 것 같았다. 마치 나를 보고 있는 것만 같아서 당황했지만 아직 우진을 완전히 믿을 수는 없으니 굳이 솔직할 필요도 없었다.

"없다고 그래. 아직은 말하지 않는 게 좋을 것 같아."

"아니. 아무도 없어."

"그래? 그런 건 아무래도 상관없어. 귀신이 있든 말든. 어쨌든 난 교무실 서랍 사건의 범인이 아니야. 난 네 편이라는 것만 기억해."

우진이 먼저 자리를 떠났다. 우진이 이나의 능력에 대해 알게 되었다고 해도 이나 편에 서 주겠다는 말은 이해가 안 되었다. 보통의 아이라면 오히려 두려워하여 멀리하지 않을까? 아무리 생각해도 우진은 불쌍한 전학생을 동정하여 돌봐 줄 만한 애도 아니었다.

"분명히 원하는 게 있을 거야. 당분간 필요한 도움만 받고 우리의 정보는 주지 말자."

"나도 같은 생각이야."

이나가 고개를 끄덕였다.

지금 중요한 건 우진이 아니었다. 누가 왜 서랍을 열었냐는 것이었다. 그리고 그것이 사물함 사건과 어떻게 닿아 있는지도. 무엇을 위해 무엇을 감추기 위해.

12. 함정

눈이 번쩍 떠졌다. 새벽 2시. 귀신이 활발히 활동해야 하는 이 시각에 아직 귀신임을 받아들이지 못한 나는 잠을 자고 있었다. 잠과 비슷한 형태의 휴식이라고 해야 더 정확한 표현일지도 모르겠다. 그런데 오늘은 중간에 갑자기 눈이 떠졌다. 휴대폰이 반짝이고 있었다. 아마 갑작스러운 기상은 이나에게서 메시지가 온 걸 감지했기 때문일 것이다.

아린에게서 답장이 왔어.

빨리 와 줘.

나는 순식간에 이나의 방으로 갔다. 이나가 소리를 죽였다.

"안방에 할머니가 계셔. 아까 돌아오셨거든."

"내 목소리를 들으실 수 있어?"

"통하게 만들어야 들을 수 있어. 하지만 네 존재를 느끼시니까 기적을 내지 않게 조심해야 해."

"알았어. 답장은?"

"여기."

다 말해 줄게.

아침 7시에 체육관 뒤에서 만나.

이번에 온 번호는 아린의 번호였다. 아린이 며칠을 고민한 끝에 큰 결심을 한 것 같았다.

"함정이면 어떻게 하지?"

"설마."

사실 우리는 믿어 볼 수밖에 없었다. 다른 선택지는 없었다. 다만 우리는 만약을 대비한 준비를 해 두기로 했다. 나는 별로 할 수 있는 게 없으니 이나를 좀 더 현실적으로 도와줄 보험이 필요했다.

정확히 10분 전인 6시 50분에 우리는 체육관 뒤에 도착했다. 아린은 와 있지 않았다. 하지만 우리의 지원군은 이미 와 있었다.

"누구 만나는 건지 말 안 해 줄 거야?"

우진은 아침 일찍인데도 말끔한 모습이었다.

"갑자기 부른 건데 와 줘서 일단 고마워."

이나는 우진에게 안 보이는 곳에 숨으라고 지시했다.

"누가 나타나더라도 놀라지 말고 가만히 있어. 위험한 상황이 되면 나와. 이 모든 건 녹음할 거야."

"알았어."

우진은 왜 녹음하느냐는 등의 질문은 전혀 하지 않고 짐을 쌓아 둔 곳 뒤에 숨었다.

드디어 일곱 시. 우리는 아린을 기다렸다. 하지만 아린은 십 분이 더 지나고 이십 분이 되었는데도 나타나지 않았다.

"안 오는 거 아닐까?"

"새벽에 메시지를 보내고 그새 마음이 바뀌었단 말이야? 그런데 안 올 것 같은 예감이 들기는 해."

이나가 어느새 우진을 의식하지 않고 대답했다. 우진이 불쑥 끼어들었다.

"그 중요한 인물은 결국 안 오는 거야?"

뭔가 찜찜했다. 사실 계속 찜찜한 마음이 있었다. 나는 이나에게 교무실 서랍 사건에 대해 우진에게 더 물어보라고 했다.

"교무실 서랍 사건···. 넌 이상한 점 없었어?"

"이상했지. 정말 이상했어."

우진은 뭔가를 회상하듯 눈동자를 굴렸다. 이나가 한숨을 쉬었다.

"이상한 건 다들 알아. 없어진 게 없었으니깐."

"설마 없어진 게 없었는데 선생님들이 그 난리를 쳤다고 생각한 거야? 아냐. 처음에는 모두 없어졌었어."

"뭐?"

"처음에 발견됐을 때 빈 서랍이었거든. 그런데 임원들을 소집하고 얼마 뒤에 검은 비닐봉지가 발견됐지. 그 안에 물건들이 다 들어 있었어. 모두."

"모두? 그럼 사물함 사건과 똑같잖아. 그 이야기를 왜 이제야 하는 거야!"

"이런 멍청이!"

이나가 화를 냈다. 나도 마찬가지로 화를 냈다.

"네가 나한테 서랍 사건 범인이냐고만 물어봤잖아. 난 그 질문에 대한 대답만 성실하게 한 것뿐이라고."

우진은 뻔뻔하게 말하며 어깨를 으쓱했다.

이럴 수가. 놓친 게 있었다.

"이나야, 그 안에 무슨 물건이 있었는지 물어봐."

"그 안에 무슨 물건들이 있었는데?"

"뭐가 뭔지 모를 서류, 사물함 마스터키, 교무실 열쇠, 과학실 열쇠, 미술실, 체육관 열쇠, 본관 옥상 열쇠, 음악실 열쇠⋯. 주로 열쇠들이라서 이동 수업을 할 때 임원들이 가지러 갈 일이 많아."

나는 우진의 말을 듣고 하나씩 생각해 보았다. 서류 중에 필요한 게 있었을까? 사물함과 연관된 것은? 이번 교무실 서랍 사건을 듣는 순간 한 가지 생각이 떠올랐다.

사물함 사건은 연습이 아니었을까.

똑같이 물건을 숨겼다가 다시 돌려줬다. 물론 사물함에 있던 것은 교실의 다른 곳, 즉 쓰레기통 안에 있었다. 우리는 모두 등교하자마자 활짝 열린 사물함에 정신이 팔려서 쓰레기통 안에 무엇이 있는지는 보지 못했다. 뒤늦게 발견한 것이다. 그렇게 잃어버린 물건이 없어서 신고는커녕 사건은 흐지부지되었다.

만약 사물함 사건이 가짜고 이번 일이 진짜라면? 진짜 필요했던 물건은 이번 서랍 속에 있던 것 중 하나라면? 사물함과 다른 점도 있었다. 물건들이 쓰레기통이 아니라 비닐봉지에 있었던 것.

"이나야, 물건이 들어 있던 검은 비닐봉지는 누가 찾아낸 건지 물어봐 봐."

이나가 그대로 전했다. 우진은 기억을 떠올려 볼 것도 없이 바로 말했다.

"한서연."

머리를 쿵 맞은 것 같았다. 서연네의 짓이라는 건 짐작하고 있었다. 하지만 서연이 직접 검은 봉지를 찾았다는 걸 생각하니 머릿속 퍼즐이 모두 맞춰지는 기분이었다. 그 봉지를 찾은 게 아니라 가지고 온 거라면 어떻게 될까?

"물건 중 하나를 갖고 나가서 필요한 곳에 쓰고 온 거야. 되돌려 놓아야 일이 커지지 않으니까 그런 방법을 쓴 거지. 사실은 밖에서 갖고 들어왔으면서 교무실 안에서 찾은 척 되돌려 놓은 것뿐이라고! 담임과 이우진은 이미 사물함 사건으로 인해 한 번 학습되어 있잖아. 교실 안 쓰레기통 안에 물건이 그대로 있었다는 사실. 그래서 당연히 이번에도 그 비닐봉지가 교무실 안에서 나온 거라고 믿어 버린 거야!"

"어떤 물건이 필요했던 거지?"

이나가 눈을 동그랗게 뜨며 말했다. 딩동 소리와 함께 메시지가 왔다.

왜 안 와?

나 옥상에 와 있어.

아린이었다.

"세상에."

이나가 놀랐다.

"옥상 열쇠!"

우리는 동시에 외쳤다. 본관 옥상은 원래 소방훈련 때문에 늘 열려 있어야 했지만, 아이들이 자꾸 올라가 위험한 장난을 치는 바람에 잠가 둔 지 오래되었고 화재 시에만 열게 되어 있었다. 서연은 옥상 열쇠가 필요했던 것이다. 가지고 나가 복사하고 되돌려 놓은 게 분명했다.

우리는 누가 먼저랄 것도 없이 본관으로 뛰었다. 우진도 눈치껏 우리를 뒤따랐다.

이나가 가면서 아린에게 전화를 걸었다. 다행히 신호가 가자마자 금방 받았다.

"너 왜 옥상에 있어? 체육관 뒤에서 만나기로 했잖아! 뭐? 내가 언제? 내가 언제 약속 장소를 바꿨어? 함정이야. 난 다른 휴대폰 없어. 뭐? 설득? 누구를? 어쨌든 거기서 빨리 나와. 난 안 보냈어! 어? 신아린? 아린아!"

이나가 절규했다. 전화가 끊긴 모양이었다. 우진은 이미 앞서 나가 계단을 오르고 있었다. 5층 건물이었고 엘리베이터는 학생들이 타지 못하게 처리되어 있었다.

나는 간절히 아린을 떠올렸다. 이나에게 갈 수 있는 것처럼 옥상으로 단숨에 이동하길 바라면서.

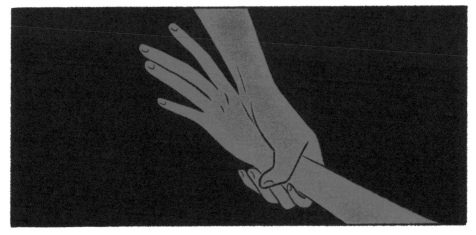

"악!"

비명. 그날이 떠올랐다. 나의 비명. 마지막 목소리. 하지만 이번 비명은 내 것이 아니었다. 나는 어느새 옥상 위에 와 있었고 내 바로 곁에서 아린이 막 떨어지려 하고 있었다. 슬로우비디오처럼 아린이 떨어지는 게 다 보였다. 나는 재빨리 손을 뻗었다. 아린의 손목을 잡았다.

훅.

다시 화면을 빠르게 돌린 듯 아린이 밑으로 훅 떨어졌다. 아린의 손이 옥상 난간을 더듬어서 잡았다. 나도 손목을 계속 잡고 있었지만 내 힘이 모자랐다. 아린 역시 힘이 약해 매달린 형태로 올라오지 못하고 있었다.

"안 돼. 아무도 나처럼 죽게 만들지 않을 거야. 제발!"

하지만 내 의지와는 달리 점점 힘이 빠졌다. 아린도 마찬가지였다. 결국 아린은 나와 난간을 놓치고 밑으로 떨어졌다. 나무에 한 번 걸렸다가 운동장으로 떨어졌다.

누군가의 비명이 들려왔다. 아마 운동장에 있다가 아린을 본 누군가일 것이다. 조금 전 나에게 매달려 경악하던 아린의 두 눈이 생생했다. 떨어지기 직전의 공포에 질린 눈빛. 어디서도 볼 수 없는 무서운 눈이었다. 그건 그날 내가 가졌던 눈빛이기도 했다.

13. 미완의 사건

아린은 죽지 않았다. 팔 한쪽과 다리 한쪽이 부러지긴 했지만 다른 곳은 찰과상만 입고 멀쩡했다. 천만다행이었다. 큰 나무에 걸려 나뭇가지들이 완충 작용을 한 덕에 크게 다치지 않았다.

"슬아야, 네 덕분에 아린이 산 거야. 매달렸다 떨어지지 않고 그대로 떨어졌으면 나무에 걸리지 않았을 거야."

이나는 시무룩한 나를 위로했다. 나 때문에 누군가 죽을 뻔했다는 생각이 나를 우울하게 만들었다. 하지만 이나는 다른 사람을 죽일 뻔한 게 아니라 죽을 뻔한 누군가를 살린 거라고 달리 말해주었다.

아린이 떨어지고 가장 먼저 우진이 도착했을 때는 옥상에 아무도 없었다고 한다. 옥상 CCTV도 천으로 가려져 있었다. 역시 완벽한 서연다웠다. 아린을 구하느라 주변에 누가 있었는지 나도 미처 못 보았다. 서연 무리가 있었을 거라는 사실은 분명했다.

중요한 증인이자 이번 사건의 피해자인 아린은 입을 다물어 버렸다. 병실에 누워 종일 아무 말도 안 하더니 단지 열려 있던 옥상 문이 신기해서 들어갔다가 실수로 떨어졌다는 말만 반복했다.

"너무 억울하고 분해."

이나가 속상해했다. 하지만 모든 건 정황상 추정일 뿐, 직접적인 증거는 아무것도 없었다. 아린이 병원에 있을 때는 면회를 거부해서 못 만났고 퇴원해서 집으로 갔을 때는 만나 주지 않았다. 학교도 나오지 않았다.

"너도 조심해. 위험한 일을 겪었으니 아린도 함부로 말하기 힘들겠지."

이나가 걱정되었다. 요즘 이나 곁에는 우진이 늘 붙어 다녔다. 그래서 나와 대화할 시간이 부족하긴 했지만 이나가 안전하니 그걸로 괜찮았다. 언젠가는 우진에게 내 이야기를 모두 털어놔야겠다는 생각이 들 정도로 고마웠다.

서연 무리는 아린의 사고에 슬퍼하는 척했다. 무슨 일이든 나서는 일 없이 조용히 지냈다. 당분간은 정말 아무 사건도 일어나지 않으리라는 생각이 들었다. 그 애들은 조용해지길 원했다. 그리고 정말 그렇게 되었다.

"아린이는 전학을 가게 되었어. 학교에 나와 인사해야 하는데 못 나온다고 속상해했대. 하지만 아직 완쾌된 것도 아니니깐 이해해 주자. 친한 친구들은 따로 연락하면 되겠지?"

선생님이 아린의 전학 소식을 전한 것이다. 서연 무리의 얼굴은 여유로워 보였다. 서연이 웃고 있었다. 그날, 겁에 질린 나를 보던 얼굴과 비슷했다. 그 애는 우리가 이제 증인도 증거도 없다는 걸 너무나 잘 알고 있었다.

우리는 마지막으로 아린을 만나기 위해 학교가 끝나자마자 아린의 집으로 갔다. 우진이 아린의 집이 어디인지 알아다 주었다. 우진은 정말 우리, 아니 이나 편이 되었다. 계속 이유도 묻지 않았다.

딩동.

처음에는 기척이 나는가 싶더니 이내 조용해졌다. 아린의 집은 아파트 1층이었다. 창가에 누군가의 그림자가 스쳤다. 안에 있는 것 같았다. 사고 직후 전화번호까지 바꾼 터라 전화를 해 볼 수도 없었다.

"아린아. 잠깐만 나오면 안 돼? 그날 일에 대해서 안 물어볼게. 정말이야."

"무슨 말이라도 해 줬으면 좋겠다. 아린아, 제발."

내 말이 전달되지 않을 거란 걸 알면서도 간절히 부탁했다.

121

적어도 아린은 그날의 일이 옳지 않았다는 것을 알고 있었다. 내 죽음의 진실을 알고 있는 사람 중 한 사람이라는 것도 분명한 사실이었다. 그래서 어떤 말이든 듣고 싶었다.

"네가 하고 싶은 이야기만 해 주면 돼."

이나가 다시 말했다. 그리고 얼마 뒤 문이 열리고 아린이 나왔다. 아린이 멀리 서 있는 우진을 한번 보더니 이나를 보고 말했다.

"잠깐 들어와."

우진은 밖에 있겠다고 했다. 이나는 주저 없이 들어갔다.

집 안은 이사 준비 때문에 어수선했고 박스들이 많았다.

"진짜 이사 가는 거구나?"

"가야지. 엄마한테 멀리 가자고 했어. 안 그래도 예술학교 진학 때문에 가야 하는 걸 익숙한 곳이 좋아서 미루고 있었거든."

아린은 쓸쓸하게 말했다. 아린과 서연이 어릴 때부터 동네 친구라는 게 떠올랐다. 익숙한 동네와 학교에 남고 싶었던 것 같았다. 아린은 새 학교가 어떤 곳인지 이 동네에 어떤 추억이 있었는지 따위의 이야기를 주저리주저리 늘어놓았다. 늘 얌전한 아린이 이렇게 말을 많이 하는 걸 처음 봤다.

"이제 가. 어두워졌다. 우리 엄마도 곧 오실 거야."

"그래. 새 학교 가서 잘 지내."

이나는 하릴없이 일어섰다. 그 순간 아린이 말했다.

"내가 실수했어."

아까 수다를 떨며 밝은 척하던 때와는 다른 목소리였다.

"응?"

이나는 다시 아린이 입을 다물까 두려워 소심하게 대응했다. 아린이 웃었다.

"너에게 만나자고 한 그 새벽에 난 그 애들 중 한 명에게 말했어. 전날 내가 설득했다고 생각했거든. 설득하려고 한 게 지금 생각하면 웃긴 일이야. 하지만 난 믿었어. 나처럼 모든 걸 털어 버리고 바로잡길 원한다고. 나를 속이기 위한 거짓말일 줄은 꿈에도 몰랐지."

"그래서… 옥상에 그 애들이 있었지?"

"떨어지려는 순간, 아이러니하게도 난 슬아가 떠올랐어. 슬아를 그렇게 보낸 내가 너무 밉고 싫었거든? 누군가 떨어지는 내 팔을 잡아 주는 느낌을 받았는데, 안 믿겠지만 나는 그게 슬아 같아. 슬아가, 나를… 용서해 준 거 같아서 너에게 이 이야기도 할 수 있는 거야."

아린이 떨어지는 순간, 그 곁으로 이동할 수 있었던 게 그거였다. 아린도 나를, 나도 아린을 간절히 생각했던 것이다.

"사실… 난 네가 좀 더 도와줬으면 좋겠어."

이나가 어렵게 말했다. 아린은 망설이는 듯 아무 대답도 하지 않다가 울먹이며 입을 열었다.

"그 애들은 계속 막으려 들 거야. 그 일이 밝혀지면 그 애들이 지금 가지고 있는 것들을 잃을 테니깐…. 이제 진짜 가. 너무 늦었다. 안녕. 조심해서 가. 꼭 조심해서."

그걸로 끝이었다. 이나는 쫓겨나듯이 아린의 집에서 나왔다. 우진이 기다렸다가 이나를 집에 데려다주겠다고 따라나섰다.

"이제 다 끝난 거야?"

우진이 처음으로 물었다.

"아니. 끝난 건 아무것도 없어."

"하지만 넌 쟤한테 무슨 이야기를 들어야 했잖아."

"결정적인 건 못 들었지. 하지만 다시 할 거야. 뭔가 방법이 있을 거야."

이나 말이 고마웠다. 어느새 이나는 내 일을 자신 일처럼 여겨주었다. 하지만 나는 아린이 한 조심해서 가라는 말이 머릿속에서 맴돌았다. 이나까지 위험에 빠지게 할 수는 없었다.

"도울게. 나도 함께하게 해 줘."

우진이 말했다. 이나와 나는 꽤나 놀랐다. 우진이 단순한 호기심에서 우리를 따라다닌다고 여겼는데 이제는 정말 제대로 도우려는 것 같았다.

"대신 조건이 있어."

역시 뭔가 있었다.

"네 능력을 좀 빌려줘."

"능력?"

"우리 엄마를 만나게 해 줘. 보게 할 수 없다면 말을 전해서 대화하게 해 줘."

이나가 멈춰 섰다. 이나의 능력을 활용해야 한다면, 우진의 엄마가 돌아가신 건가?

"작년 말에 엄마가 돌아가셨어. 곧 일주기지. 병이 있으셨어. 그런데…."

우진은 담담한 척 말했지만 목소리가 많이 떨렸다. 그런데 우진은 더 말을 잇지 못했다. 울고 있어 목이 멘 건 아니었다. 우진은 저만치 앞 길바닥을 보고 있었다. 거기 뭔가가 축 늘어져 있었다.

"어머, 귀여워라."

이나가 옆을 바라보며 말했다. 우진이 본 것을 아직 미처 못 본 거 같았다. 우진은 놀란 눈으로 성큼성큼 길바닥에 누워 있는 걸 보러 갔다.

"이나야, 옆에 뭐가 있어?"

나는 이나에게 물었다.

"응. 고양이. 아주 귀여운 고양이가 나한테 애교를 부리네."

"고양이?"

거의 동시에 우진도 저만치에서 돌아보며 말했다.

"고양이라고? 여기도 고양이가 있는데…."

우리는 우진 쪽으로 가까이 다가가 보았다. 길고양이 한 마리가 죽어 있었다. 죽은 고양이는 마치 딱딱하게 박제된 물건처럼 보였다.

"이 고양이는…."

이나가 놀라 돌아봤다. 아까 애교를 부린다는 고양이는 분명 내 눈에 보이지 않았다. 이나 눈에만 보였던 것이다.

길가에 완전히 어둠이 내렸다.

서슬 퍼런 어둠이었다.

2권에서 계속…

소녀 귀신 탐정

1
날 죽인 살인범을 찾아라

글 선자은 | **그림** 이윤희

펴낸날 2019년 12월 2일 초판 1쇄, 2022년 2월 15일 3쇄

펴낸이 위혜정 | **기획·편집** 위혜정, 윤기홍 | **디자인** dal.e

펴낸곳 슈크림북 | **주소** 서울시 동대문구 답십리로 41길33 102동 903호

전화 070-8210-0523 | **팩스** 02-6455-8386 | **메일** chucreambook@naver.com

출판등록 제2019-000016호

ISBN 979-11-967164-6-2 04810

ISBN 979-11-967164-5-5 (SET)

※ 잘못된 책은 구입처에서 바꾸어 드립니다. ※ 값은 뒤표지에 있습니다.

instagram.com/chu cream book

한번 맛보면 헤어 나올 수 없는 북 콘텐츠를 만나 보세요!